中公文庫

在原業平殺人事件

新装版

山村美紗
西村京太郎

中央公論新社

目次

在原業平殺人事件

第一章　業平の墓

1

新春のある日、早川明子は、大原野にある十輪寺《じゅうりんじ》へむかった。

冬にしては暖かく、道いく人たちの表情も、正月なので和《なご》やかだった。

着物姿の女性も多い。

しかし、明子の心は沈んでいた。

三年近くつき合った恋人と、年末に別れたばかりだったからである。

別れは、一方的に彼の方からだった。

彼は、同じ会社に勤めていて、三十一歳。

入社したときから、同じ課で席も近く、仕事に不慣れな明子を、兄のように親切に指導してくれ親しくなった。

ルックスがよく、明るい感じの男で、家庭もよく、彼自身も、有名大学を出ていたので、明子は、すぐ、彼を好きになった。

ゆくゆくは結婚するつもりで、両親にも話し、少しずつ、嫁入り道具を買い揃えていた。

友人にも、来年中には結婚するつもりだと話していた。

明子の両親は、仕事の関係で、北海道に住んでいる。去年の正月に、家に来た彼に会って気に入っているので、結婚に支障はなかった。

ところが、秋頃から、急に彼の態度が変って来た。

それまでは、毎日のように会い、電話をしたり、土曜や日曜には、明子のマンションに泊ったりしていた。

それが、土曜や日曜になると、出張だとか、ゴルフだといって、寄りつかなくなったのである。

電話もかからなくなった。こちらがかけても割り込み電話が入ったとかいって切ってしまう。明子も最初のうちは、彼を信じていたが、やはり、何かおかしいと思うようになった。

それとなくきいても、三十歳になったんだから仕事をがんばらないといけない時期なんだといい、不機嫌になるので、それ以上はきけない。

結局、理由は簡単で、別の女性が出来たのだった。相手は、池絵美子という今年入社した美人で入社のときから男性社員がさわいでいた女性である。

彼が池絵美子と歩いているのを見たと、同僚のトシ子がいい、その頃から、彼と絵美子のうわさが立つようになった。

明子は毎年クリスマスには、彼と市内のホテルで、ディナーショウを見たあと泊ることにしていたのだが、今年彼は、それを断って来た。明子は、彼の気持が、絵美子に移ってしまったことを、はっきりと知った。

明子が問いつめると、彼は、しぶしぶ絵美子とのことを認め、彼女と結婚したいのだといった。クリスマスから暮にかけて二人の間で何日か修羅場が続き、とうとう二人は、別れることになった。

「君には申しわけないと思っている。でも、愛がなくなったのだから、仕方がないよ。無理に結婚しても、不幸になるだけだからね。償《つぐな》いはするよ。君の方から要求してくれ。これ以上、二人で会っていると、折角のいい思い出が、悪いものになってしまうから。あとは、弁護士と話し合ってくれないか。僕と同じ大学出身の堀という男に任せるから」

彼は、そういって去り、そのあとは、電話をしても、訪ねて行っても、会わなくなってしまった。

堀というのは、弁護士だが、弁護士という立場より、彼の親友で彼の味方である。明子の身になってくれそうもなかった。

堀は、何度か電話して来たが、明子は、まだ心が落着かないからといって会うのを断った。

〈お金なんかいらないわ。お金なんかで私の気持はいやせない〉

と、思った。

大学時代からの友だちの由美に相談すると、どうせ、もとに戻らないのなら、莫大な金額をいって困らせてやったらいいじゃないのという。

「彼だって、これから結婚式をしたり、新しいマンションを用意したり新婚旅行に行ったりとお金がいると思うわ。あなたがお金をいらないといったり、少ししか要求しなかったら、彼にとっては幸いよ。平気で、彼女との新生活にお金をつぎ込むわ。その点、莫大な慰謝料を要求したら、結婚式の費用や、新婚旅行の費用も足りなくなって、彼女との間も、ごたごたすると思うわ。自分だけでは払えないから、親に打ちあけて助けてもらわないといけなくなるでしょう？　そうでないと、あなたのことは、親にも話さないんじゃないかしら？　彼女にも黙っているのかもしれないわ。お金の支払いで、ごたごたしたら、彼女とも喧嘩になるかもしれないし、親に叱られたりしているうちに、自分が、どんなに残酷なことをしたのかわかってくるんじゃないのォ」

由美のいうのには一理あった。

しかし、明子は、今は、彼のことを忘れるようにするのが精一杯で、とても、弁護士と話す余裕はなかった。

一週間程、毎日を泣いてくらし、明子は、暗い正月を迎えた。

両親が北海道から帰って来たのは、十二月の三十一日だった。

「あら、どうしたの？　お正月のお花もないし、おせちも作ってないのね。お掃除もしてないし」

母親が、びっくりしたように、部屋を見まわした。例年なら、正月に彼が来ることもあって、部屋をきれいにし花をいけたり、おせちを作ったり、大張り切りする明子だったからである。

「流感で、一週間ほど寝込んでいたの、今朝やっと起きたのよ」

明子は、元気のない顔でいった。

母親は、何かを感じたようだったが、黙って、部屋を片付け、買物に出かけていった。

2

両親は、一月の四日に北海道へ戻っていった。

母親には隠しておくことが出来なくて、明子は、彼と別れたことを打ちあけた。

「そう、別の女性が出来たの。ひどい人ね。あれだけうちにも来て、親しくしてたのにね。でも、仕方がないわ。慰謝料なんかとらない方がいいわよ。早く忘れて、もっといい人をみつけることよね。何年かたって幸せになったら、あの人と結婚しなくてよかったと笑えるようになるわ」

　母親は、一生懸命慰めてくれた。

　そして、今までは、好きな人がいるのだからと遠慮していたけど、これからは、色々な人を紹介するし、見合いもした方がいいといった。

「見合いから恋愛になることだってあるし、きっといい人がみつかるわ」

　母親は、しばらく京都に残ろうかといってくれたが、明子は、一人の方がいいからと断った。

「もう大丈夫よ、お母さまのいうように、意地でも、彼よりいい人みつけるから」

「本当？　ああ、よかった。会社はどうするの？　同じ会社では気まずいでしょう？」

「私が悪いわけじゃないから、やめないわ。今は、就職難だから、やめたら困るもの。でも、どうしても居づらくなったら、北海道へ行くわ。いいでしょう？」

「もちろんよ」

　母親は、やっと安心して北海道へ行った。

　しかし、一人になると、やっぱり淋しかった。家にいると気が滅入るので、今年はじめての日曜日、明子は、十輪寺へ行ってみようと思いたった。

　彼女は、学生時代から、京都の名所古蹟や、お寺をまわるのは好きだった。

　若いのに、年寄りみたいな趣味ねと、いわれたこともあるが、勉強や仕事で落ち込んだときなどに、京都の静かなお寺を歩いていると、不思議に気分がすかっとして、立ちなおれるのである。

そのためには、有名な寺や、観光客の多いところはダメなのだ。

十輪寺というのは、大原野にあって、市内から遠いので行く人も少なく、明子も行ったことがなかったが、一度、行ってみたいと思っていた寺だった。

十輪寺というのは、俗称「在原業平《ありわらのなりひら》の寺」である。

明子は、車を運転して五条通りから、西へむかった。国道9号線で中山まで行く。

中山から南に折れると、洛西ニュータウンがみえて来た。

京都の西の端で、昔は、田や畑だったが、今は、団地が建っている。

一時間あまりかかってやっと、十輪寺に着いた。

門の中へ入ると、本堂がみえた。

他の寺とは変った屋根の形をしている。

明子は、入口でもらったパンフレットをひろげた。

創建当時の伽藍は、応仁の乱で焼失し、現在のは、寛延三年の再建である。屋根は、鳳輦《ほうれん》形という御輿をかたどった非常に珍しいものであり、内部天井の彫刻も、独特の意匠が施されている。文化財指定

と、書いてある。

やっぱり、素人が一目見てわかったように、おみこしの屋根の形なんだと明子は思った。

続きに、パンフレットをみると、五月二十八日に、業平忌の法要があると書いてあった。

境内は、閑散としていて、人一人いない。

明子が、在原業平について知っているのは、小野小町などと共に、三十六歌仙の一人で、大変な美男で、恋にあけくれ、歌がうまかった人だというくらいのものだ。

〈このお寺と、業平は、どんな関係があるのかしら？　このあたりに、業平朝臣《あそん》が住んでいたのかしら？　それとも、ただ、このお寺にまつられているだけなのだろうか？〉

見まわすと、「在原業平旧跡」という標示があった。

晩年に、業平が、ここに住んで、塩焼きの風流を楽しんだのだそうで、ここの「小塩《おしお》」という地名は、それから由来しているのだという。

裏山に、業平の墓と、塩がまの跡、汐汲池があるというので行ってみることにした。

何より若い明子の気持を引きつけたのは、業平墓とかかれた下に、「恋愛・結婚成就の神」と大きく書かれていたからである。

少し元気が出て、裏山をのぼっていくと、墓のうしろから、一人の男性が出て来た。

明子は、思わず立ち停ってしまった。

その男は今テレビで人気の木村拓哉もまっ青というくらいの美男子だったからである。

〈まさか、在原業平の亡霊が……〉

明子は、金しばりにあったように、突っ立って、その男をみつめた。

3

男の方も、こちらを見た。

横顔も、鼻の高い整った顔だったが、正面からみると、いっそう男ぶりがよかった。

男は、かすかに笑った。爽《さわ》やかな笑顔だった。

明子もほほ笑んだ。

自然に、二人は、近づいていった。

二人の距離が縮まったとき、明子は、息がつまりそうで何か言わなくてはと思った。

「これが、在原業平のお墓なんですね？」

「そうですよ、ここに来るのはじめてですか？」

「はい。なんとなく散歩に来たんです。在原業平のお墓があるお寺だとは知ってたんですが……」

「思ったより、小さいでしょう？」

男は、傍《そば》の墓を指していった。

「ええ。私、もっと大きく、華やかなものだと思いましたわ」

明子も、墓をみつめた。

普通のお墓のような細長い石に、頭部と台座に石のついた一メートル位の墓である。しかし、まわりには、小さな石がころがり、前におかれた竹の筒に椿《つばき》の花がさしてある。

その横に、業平の墓よりも高く、在原業平の墓という石の柱が立っていた。

明子が、折角来たのだからと、業平の墓をカメラで撮っていると、その男が、お墓の前で、一緒に撮りましょうかといい、撮ってくれた。

写真を撮り終ると、自然に二人は並んで歩き出した。

そして、お互いの名前を名乗った。

彼は、名刺を出して、細川和也だといった。名刺には、京南大学文学部助教授とかいてあった。

「私、早川明子といいます。会社に勤めています」

「あきことというのは、どういう字ですか？」

「明るい子です。平凡な名前でしょう？」

明子がいうと、彼は、首をふった。

「いえ、いい名前です。在原業平の時代にも、藤原氏に明子という女性の名前が出て来ますから」

「あら、そうなんですか？　その人は、どんな生涯を送ったのかしら？」

「藤原良房《よしふさ》の娘で、文徳《もんとく》天皇の女御《にょうご》となり、彼女の子供は、清和《せいわ》天皇として天位につき幸せに暮らしたんですよ」

「あら、そうなんですか、本当ですか。よかったわ、そんなえらい方と同じ名前で。父は、何も知らずに、明るい子という意味でつけたのだと思いますけど」

明子は、うれしくなった。

「庭を見てまわりましょうか？」

「ええ」

二人は、庭園を歩きはじめた。

「この庭は、寛延三年、つまり、一七五〇年に、右大臣藤原常雅公が、本堂を再興したときに造られたものです。高廊下、茶室、業平御殿の三カ所から場所を変えてみると全然違う景色にみえるといわれているんですよ」

「よくご存じですね。研究していらっしゃるんですか？」

「在原業平が専門というわけじゃなくて、平安文学を研究しているんです」

二人は、本堂に行って、襖絵をみた。

襖には、華やかに、王朝の生活が描かれている。

「わァ、すっごいですね。その頃に描かれたんでしょうか？」

明子が、感嘆して言うと、細川は、苦笑しながらいった。

「その頃のは廃《はい》仏《ぶつ》毀《き》釈《しゃく》という悪い法によって、失われたんです。しかし、大阪在住の黒田正夕《しょうせき》画伯によって、見事に復元されたんですよ。三十二面にわたる豪華絢爛たる極彩色の王朝絵巻です」

明子は、魅入られたようにみつめた。

几帳《きちょう》のかげにいる王朝風俗の女性や、舞を舞っている女、お酒を飲みながら、それを見ている貴公子など、みやびで美しい。

他には「業平朝臣と二条の后の舞」というのもあった。

「二条の后というのは、藤原高子《たかいこ》といって、業平の愛した女性です」

「えっ、でも、二条の后というのは、天皇のおきさきなんでしょう？　不倫じゃないですか？」

「今も、不倫は盛んですが、その頃は、男女の関係が大らかだったんですね。でも、さすがに、二人の関係はまずくて、業平が左遷されたようですが……」

細川の話は、面白かった。

4

二人は、十輪寺の中を歩きながら話に熱中した。

「在原業平について、私、何も知らないんです。彼は、いくつまで生きていたんですか？　昔の人だから若死にかしら？」

「えーと、八二五年に生まれて、八八〇年に没していますから、五十五歳、いや、昔は数え年でいうから五十六歳まで生きていますね」

「まあ、意外ですわ。私、二十代か三十歳ぐらいで亡くなったのだとばかり思っていました。美男で有名な人ですから」

「そう思う人が多いでしょうね。彼については、生没年ははっきりしていますが、詳しいことはわからないんですよ。小野小町などは、生没年ははっきりしないのに、歌やエピソードが多くて、割と色々なことがわかっているんですが……」

「業平って、身分の高い人なんでしょう？　天皇の孫だとかきいたことがありますけど」

明子は、細川の顔をみつめた。

「祖父は、平城《へいぜい》天皇です。その息子が阿保《あぼ》親王、その息子が業平というわけです」

「では、彼は、天皇の直系なんですね？　どうして皇位につかなかったのかしら？　皇位についていたら、業平朝臣などと呼ばないで、何々天皇というでしょう？」

明子は、熱心にきいた。

「色々事情があって、彼は皇位にはついてません。なぜ、皇位につかなかったかについては説があって、一口にはいえませんが」

二人は、再び庭に出て、境内《けいだい》を歩いた。

「業平って、女性にモテたんでしょう？　藤原高子というのは、どんな女性なんですか？」

「彼女は、確か八四二年生まれで、九一〇年に没していますね。業平より、十七歳年下です」

明子は、掌に数字を書いて計算してからいった。

「すると、六十八歳で亡くなったわけですね。随分長生きですね」

「当時の人にしては、長生きですね。業平が八八〇年に没していますから、それから三十年も生きたわけですから」

「高子という人は、一人娘なんですか？」

「いいえ。姉さんが有子といって、業平と同じ年です。それから、次の姉が淑子で十三歳ほど下で、一番下が高子で、業平が、十七歳で元服した時にはまだ生まれてなかった。つまり、有子、淑子、高子の三姉妹です」

「業平の本妻というか、奥さんは、何という人なんですか？」

「業平の最初の妻、紀有常《きのありつね》の娘は、なかなかの才女で、歌が『古今集』にのっています。業平と結ばれたのも歌を通じてだといわれています。でも、『古今集』にのっているその歌は、業平は、昼間は、妻の家に通うが、夜になると、さっさと帰ってしまうのを嘆いた歌です。この女性の母親は、藤原冬嗣《ふゆつぐ》の末の妹だったので、それを笠にきて、気位の高いところがあったといいます。それで、有常の娘は、美人で才気があったが、勝気で、女らしさに欠けていたのではないかという説があります」

「まあ、面白いわ」

　二人は、すっかり意気投合して、話がはずんだ。

　十輪寺を見終ると、細川に誘われて、近くの喫茶店に入った。

　そこで、今度は、業平の話ではなく、お互いのことなどを話した。

　明子がうれしいと思ったのは、細川が、独身だったことである。

「信じられませんわ。細川さんが独身だなんて」

　明子がいうと、細川は、どうしてかときいた。

「だって、細川さんは、大学の助教授だし、ハンサムだし、お話も面白いし、業平みたいに、女性にモテモテだと思いますもの」

　明子は、顔を少し染めながら、正直にいった。

「モテませんよ。大体、大学は、男性社会だし、研究が忙しいし」

「でも、女子大生もいるでしょう？」

「女子学生に手をつけたりしたら大変ですよ。ちょっと立話をしても、噂になるぐらいで、うちの大学はきびしいですから」

　細川は、笑いながらコーヒーを飲んだ。

「私、在原業平という人、今まで何とも思ってなかったんですけど、今日、細川さんにお話を伺って、業平に興味を持ってしまいましたわ。また、お話きかせていただけます？」

明子がいうと、細川は、喜んでと答えてくれた。

その日、家に帰ってからも、明子は、胸がどきどきしていた。

落ち込んでいた時だけに、細川に会えたことがうれしかった。

彼の恋人となれるとは思えなかったが、知り合いになれただけでもよかったと思った。

5

その日から、明子は、在原業平について、急ごしらえの勉強をはじめた。

細川に、最初の日電話番号を教えたら、すぐ翌日にかかってきた。

「あ、よかった。明子さんなんですね。本当の番号を教えてくれたんだ」

彼は、うれしそうにいった。

「あたり前ですわ。どうして疑うんですか?」

「友人に、十輪寺で、すごい美女に出会って、ともだちになり、電話番号も教えてもらったといったら、笑われてしまったんです。女の子が、一度会っただけの男に、本当の電話番号を教えるはずがない。まして、そんな美人がというんです」

「あら失礼だわ。私が嘘をつくようにみえまして……」

「だから、うれしかったんです」

こうして、二人のつき合いがはじまった。

彼との会話は、業平の話ばかりでなく、色々とひろがっていった。しかし明子は、最初の時の印象が強くて、彼が、豊かな知識で、楽しそうに喋る話をきくのが好きで、業平のことを勉強して話題にした。

まず、業平というのは、どんな人物だったのだろうということが、気になった。

それで、『三代実録』に書かれている業平の伝記を、口語訳したものを読んでみた。

> 業平という男、美男ではあるが、ずぼらで身勝手で、宮廷の規則は守ったためしがないし、役人に必要な学問には、ほとんど才がないといっていいくらいだが、何故か、和歌の方面では、不思議に、上手な歌を作る。
>
> （金田元彦氏訳）

とある。

明子は、がっかりした。女にもてたとも書いてない。

業平というのは、美男で、身分の高い貴族で、仕事もよく出来て、女性にもてた男だと思っていたからである。

そのことを細川に言うと、彼は、そんなにがっかりすることはないといってくれた。

「業平については、『和歌知顕集』の著者のように、業平と会った女性は、三七三三人、そのうち、最も関係深かった人は、一二人と、名前まで書いている学者もいるし、色々なんです。でも、僕が結論として得たのは、業平というのは、真面目《まじめ》で誠実で、感受性の強い、優雅な貴族だったと思いますよ」

「本当ですか？　よかった。私、光源氏のような人だと、漠然と想像してたんです」

「その通りですよ。『源氏物語』は、在原業平をモデルにして、後世の人が書いたといわれているんですよ」

「仕事が出来なくて、身勝手な男というのは？」

「感受性が強い貴公子だから、役人としてはあまりむかないとみる人もいたのかもしれませんね。彼は、天皇の息子である阿保親王を父に、美しく優雅な伊都《いと》内親王を母にして生まれ、この上なく愛されたといいます。財力は豊かで、権力もある。その上、後世まで伝わっているように、美しい顔形を持ち、歌を作るのに才能があり、感受性が強いとなれば、それ以上出世したいという欲望もなかったんじゃないでしょうか」

「彼は、天皇になれなかったし、役職も、それほど出世してませんね。私は、その葛藤《かっとう》があって、歌を作ることに力をそそいだと思ったのですけど……」

「鋭いですね。確かに、彼にも、心の葛藤はあったと思いますよ。まず、天皇になれなかったのには、裏に藤原南家と、藤原北家の勢力争いがあります」

　その時、明子の電話に、割り込みが入ったので、話の続きは、次の電話のときになった。

その間に、明子は、本を読み、藤原南家と藤原北家の争いについて勉強しておいた。

在原業平は、藤原の南家である。

当時、深草のみかどといわれていた仁明《にんみょう》天皇は、非常に人気のある天皇だった。

その仁明天皇が崩御されると、五条の后の子、道康《みちやす》親王が、文徳天皇として位につかれたが、文徳天皇の御子のうち、どなたが皇太子になるかという問題がおこった。

第一皇子は、紀静子の子、惟喬《これたか》親王、第四皇子は、北家の藤原良房の長女明子の、生まれたばかりの子、惟仁《これひと》親王で、両者の間に、争いがおこったという。

業平の母、伊都内親王の実家は、藤原総本家の南家で、奈良時代からの筋目正しい本家の誇りがあった。

しかし、あらゆる策謀を使って時流に乗って、権勢を得たいという藤原北家の力は強く、在原一門のものは、目の仇にされた。そのため、阿保親王は、若い時代に、十数年も、摂津の国、うばらの郡に流され、業平の兄、行平《ゆきひら》も、三十代の末頃、須磨に流されている。業平も、東下《あずまくだ》りをしなければならなかった。

明子は、細川との次の電話のとき、この両家の争いについて話した。

業平についての話が終ったとき、細川は話題をかえて、新年会に行かないかと誘った。

6

「毎年、うちの大学のものや、日本文学を研究している人たちが集まって新年会をしているんです。今年、場所は、うちの家になっているので、来ませんか？　みんなに紹介しますから」

「わあ、うれしい。本当に伺っていいんですか？」

明子は、いきいきした声でいった。

「是非来て下さい。うちの大学の教授も顔をみせるはずですし、若い女性も来ますから」

「細川さんのお父様やお母様ってどんな方なのかしら？」

紹介されたときの予備知識を得たいと、明子がきくと、細川は、両親は、海外にいっていていないのだといった。

彼の父は、外交官なのだという。

「父や母がいない方が、みんな気楽でいいんです。去年は、正月には帰国していたので別の助教授の家が会場になったんですが……」

一週間後、明子は、着物を着て、細川家をおとずれた。

細川家は、京都御所の近くにある広い屋敷だった。

大きな門を入って、玄関まで歩き、案内を乞うと、細川が待ちかねたように出て来た。

もう十人近くの男女が、奥の大広間に集まっていた。家全体は、和風なのだが、三十畳ほどの洋室があり、そこでパーティが行われるらしかった。

食事は、ホテルに任せてあるということで、何人ものホテルマンが、テーブルを運び、白い布を敷き、その上に、料理や飲物を並べていた。

簡単に、家の中ですき焼きでもするのだと思っていた明子は、スケールが違うんだわと思った。

細川は、明子をみんなに紹介した。

「野田秋男くん。僕と同じ大学の助教授だ。彼は、僕より、在原業平などについては詳しいから、話をきくといいよ」

野田は、細面のひょろりとした背の高い男だった。

「細川くんから、あなたのことはきいていますよ」

彼は、にこにこしながら挨拶した。

助教授は、もう一人いて、太田満彦といい、野田とは対照的に、がっしりとした体格の男だった。

文学部の助教授というより、スポーツ選手という感じだった。

講師も三人いて、一人ずつが挨拶した。

「木内隆夫です」

「伊勢静也です」

「加藤二郎です」

次々に名乗られて、明子には、すぐに名前は覚えられなかったが、丁寧に頭をさげた。

「加藤は、結婚してるんですよ、学生時代からの恋人と」

太田が笑いながらいった。

加藤は、助教授の先生方がみんな独身なのに、申しわけないというようなことを如才なくいって、頭をさげた。

「伊勢さんて、珍しいお名前ね。あの『伊勢物語』の伊勢ですか？」

明子も、何か言わなくてはいけないと思って、きいた。

「その通りです。『伊勢物語』の主人公のように、美男子じゃないので、モテません。いつか、僕の『伊勢物語』をきいて下さい」

彼は、笑いながらいった。

確かに、ハンサムとはいえないが、女性には慣れている感じだった。

そのあと、明子は、女性にも紹介された。

文学部の大学院生だという伊達麻里子は、美人だった。

〈彼女は、細川さんが好きなんじゃないかしら？〉

明子は、女の直感で思った。
しかし、顔が整いすぎているせいか、冷たい感じがした。
それに比べて、教授の娘の大杉麗子は華やかで美しかった。
助教授たちは、みんな彼女を狙っているような気がした。
明子は、次第に不安になっていった。
やがてみんなが揃いパーティがはじまった。

第二章　新春の惨劇

1

パーティがはじまると、しばらくは、細川は、明子のそばにいたが、やがて、みんなに呼ばれて行ってしまった。

明子は、一人になったので、テーブルにつき会場を見わたした。

大杉教授のそばに、助教授たちやまだ紹介されてない男女が集まっている。やはり、なんといっても、主役は、大杉なのだ。

彼は、六十歳に近いのだと思うが、学生時代ラグビーの選手をしていたというだけあって、贅肉《ぜいにく》のない引き締まった軀《からだ》をしている。容貌も、外国人の学者のように彫りの深い知的な感じで、魅力的だった。

細川の話では、彼は、文学部の学部長をしていて、やがては、学長になるのではないかといわれているということだった。

テレビに出て、古墳の話をしたり、市民講座で平安文学を論じたりしているので、明子も顔は知っていた。

彼は、広間で助教授や学生たちと話しながら、ビールを口に運んでいる。

大学院生の伊達麻里子がぴったりと傍について、ビールを注いだり、教授の顔をみつめている。

彼女は、大杉教授にあこがれ、まるで教祖に対する信者のように見えた。

教授の次に、男たちが集まっているのは、教授の娘麗子のところだった。

伊勢が、彼女に何か話しかけ、麗子は、笑いながらきいていたが、彼女がグラスを持ち上げると、すかさず木内が、ワインを注ぐ。

「有難う、木内さん」

麗子は、優雅にワインを飲みはじめた。

そばには加藤講師もいる。

そのとき、入口から、一人の男が急いで入って来た。

彼は、まっすぐ教授のところへ行って挨拶し、そのあと、細川たちにも頭をさげて二こと三こと言ったあと、麗子のところへ行った。

すると、講師の三人が、頭をさげ、彼のために席をあけた。

〈一体、何者なのだろう？〉

見つめている明子のところへ、さっき紹介された助教授の野田がやって来た。

「今、入って来られた方は、どなたなんですか？」

明子がきくと、助手の雨木だといった。

「彼の父親は、薬学部長の雨木教授なんですよ。雨木教授とうちの大杉教授は仲がいいから、彼は大杉家に出入りしていて麗子さんとも親しいんです」

彼はそういってから、明子の隣りの席につき、明子のグラスに、ビールを注いだ。

「在原業平に乾杯ーっ」

「あら、ホホ、乾杯！」

生真面目《きまじめ》にみえる野田が、突然言ったので、明子は思わず笑い出した。

「在原業平のこと、よくご存じなんですってね。教えて下さい」

明子がいうと、野田は照れたように手をふった。

「いや、僕なんかより、細川の方がよく知ってますよ」

しかし、共通の話題は業平しかないので、明子が業平のことをきくと、彼は、一生懸命に話してくれた。

「『伊勢物語』の主人公は在原業平だと今まで単純に思っていたんですけど、主人公のすべてが、在原業平ではないんだそうですね」

「『伊勢物語』の主人公が在原業平だと考えられているのは、物語の主人公が詠《よ》んだ和歌が、『古今集』をはじめとする勅撰集に、彼の作としてとられているからです。しかし、この物語のすべてを、実在の業平の実伝と考えるのは無理なんです。彼は、元慶四年、つまり、八八〇年に没していますから、彼が作った『伊勢物語』は、それまでに成立していないといけないでしょう？　でも、今の『伊勢物語』は、彼の死後、後の人によって加えられたものが多いと思われるのです。業平が作った章段は、『狩の使の段』の六十九段、『西の京の女』の二段、『東五条の段』の四段と五段、『東下りの段』の九段など、数少ないのです」

　野田は、話しながらも、ちらちらと、教授や麗子の方をみている。気になるらしい。

「大杉教授のお嬢さんて、美しい方ですね。お子さんは、麗子さんお一人なんですか？」

　仕方なく明子がきいた。

「いや。お姉さんが一人いらっしゃいます。先妻のお子さんですが……」

　野田は、小声でいった。

「今日は、来ていらっしゃらないんですか？」

「ええ。美子《よしこ》さんは、文学部ではなくて理系の人ですし、性格も違うので、こういう会にはいらっしゃらないのです」

　明子は、黙ってうなずいた。

　複雑な家庭の事情があるようで、その話題には、あまり触れてはいけないのだと思った。

2

野田が教授の方へ行ってしまうと、細川が戻って来た。

「すみません、ほっておいて。さあ、何か食べましょう」

細川は、皿をとって、オードブルの何種類かを、明子にとってくれた。

パーティは盛り上って、あちこちで笑い声があがり、人々が席を立ってゆききしている。

「教授のお嬢さんて、美人ですね」

明子がいうと、細川は、あわてたようにいった。

「明子さんの方が美人ですよ」

「有難うございます。大杉家には、もう一人お嬢さんがいらっしゃるんだそうですね？」

明子がきいた。

「ああ、美子さんのことですね。教授の前の奥さんは、美子さんを生んで五年ほどして亡くなっているんです。そのときには、もう麗子さんが生まれていて二歳になっていたということですが……。だから二人の年齢差は三歳です」

「つまり、麗子さんは、そのときは愛人だった女性の子供だったわけですか？」

細川は、教授の方をちらっとみて、その話は、ここではまずいといった。

「あとで話しましょう」

「麗子さんは、助教授か助手の誰かと結婚されるのかしら？」

「さあ、それもきまっていませんね。教授は、それを希望しておられるようですが……」

「ということは、細川さんも、候補者の一人なんですね？」

「いや、僕は、そのつもりはありませんが……」

細川がいったとき、大きな音と悲鳴がきこえた。

笑いさざめいていた人たちの声が、ぴたっととまり、明子も、何事がおこったのかと、みんなの視線をたどった。

視線の先には、床があり、そこに男性が長くのびていた。

「あっ、助手の雨木とかいう人だわ」

「本当だ。どうしたんだろう？」

二人は、顔を見合わせた。

講師の二人が、駆け寄って雨木を抱き起こそうとしたが、急にその手をひっ込めて、後ずさった。

「死んでる！　死んでますっ」

「えっ」

明子がそばへ走っていってみると、雨木の口から、わずかに血が流れ、そばには、くだけたグラスが散っていた。

誰が知らせたのか、すぐに警察がやって来た。

パーティの出席者は、全員、広間の隣りの和室にしりぞけられ、現場の広間は、捜査員や鑑識員たちによって占《し》められた。

検死がはじまり、雨木の死因は、毒物死であることが、明子たちにもわかってきた。

「毒物死だというと、あのグラスの中に、毒物が入っていたんだろうか？」

太田が小声でいい、野田がうなずいた。

「自殺なんですか？　そうじゃないんでしょう？」

大学院生の麻里子が、講師の伊勢にきいている。

「自殺する原因があるんですか？」

伊勢が反対にきき返すと、あと二人の講師、木内と加藤も、麻里子の顔をみつめた。

「いいえ。ないと思いますけど……。でも、自殺でないとしたら、何ですか？　殺人？」

「えっ、殺人というと……」

麻里子の口から殺人という言葉が出たので、木内が思わず絶句し、明子も、どきっとした。

伊勢が、ちらっと麗子の方をみた。

麗子は、頬に手をあてて、呆然と遺体をみつめている。

〈死んだ雨木さんと大杉麗子さんは、恋人同士だったのだろうか？〉

明子は、このパーティではいわば部外者で、知っているのは、細川だけである。その細川は、教授のそばに行っているので、話をする人もいない。それで、仕方なくパーティ出席者たちの話を、盗みぎきする形になってしまった。

パーティの出席者たちも、普段は、保守的で口が堅く、不要なことは口にしない人種のようにみえたが、殺人かもしれないという事件がおこったので、興奮し、小人数で集まって色々と喋っている。

みんなの話を総合すると、出席者の中に恋愛関係や、研究論文での衝突、教授や助教授への昇進問題で、トラブルが何度かおこっても不思議でないことがわかった。

恋愛関係からいうと、まず大杉教授だった。彼には、愛人があり、麗子の母親である現在の妻とはうまくいってないということがわかった。

愛人については、さすがに、誰も、具体的な名前を出さなかったが、一人だけではなく、複数のようで、大学院生の麻里子などもその一人かもしれない。

3

教授の先妻の娘美子と、麗子の二人は、当然仲が悪く、助教授の太田や助手の雨木をめぐってトラブルがあったらしい。

最初、美子は、太田とつき合っていたが、麗子が太田を誘惑したため、あきらめて、雨木と親しくなった。すると、今度は、麗子は、雨木を奪ったという。

美子は、麗子や雨木を恨んでいたはずである。

〈でも、この場に、美子さんは来ていないから、殺人事件だとしても、犯人ではないわ〉

明子は、心の中で呟いた。

しかし、太田は、犯人の可能性がある。

彼は、教授に気に入られ、三人の中で、一番早く教授になりたいために、慕ってくる美子と結婚しようとした。しかし、麗子に誘惑されると、麗子のほうが華やかだし、教授の現在の奥さんの娘なので有利だと計算して、麗子に乗りかえた。

ところが、麗子は気まぐれで、太田を翻弄しただけで、雨木の方へ行ってしまった。

雨木には、相当、恨みを持っているはずだ。

明子は、教授の後ろに行って、彼を観察し、まわりの人たちの話に、耳をすませた。

教授自身は、野田か細川と、麗子が結婚してくれればいいと思っていたようだ。

それも出来れば、麗子が野田と結婚し、美子が細川と結ばれるとよいと思っていたふしがある。

野田は、最近、いい論文を書き、教授の覚えが目出たかったという。三人の助教授の中では、一番先に、教授になるのではないかと、みんなが思っている。

しかし、それまでは、成績が一番よく、誠実な性格の細川を、一番信用していたように、明子の目にはみえた。

そして、野田は、本当は、麻里子が好きなようにみえた。

しかし、麗子の心次第では、麗子と結婚してもいいと割り切っているのではないだろうか？

麗子は気が多い性格なので、太田、雨木とつき合って、飽きたところで、父親の推薦する野田と、あっさり結婚するかもしれない。

たとえ、はずれても、麻里子がいる。

彼女は、教授に夢中なようだが、教授には、妻がいるし、他に何人かの愛人もいるらしい。しょせん、教授夫人にはなれない。

そうなると、自分に好意を持っている野田をえらぶ可能性もある。

検死に時間がかかり、待つ時間が長かったので、明子は、色々と考えた。

やっと、隣りの部屋では、検死が終り、遺体が、担架で運ばれていった様子だった。

和室との境のふすまが、ふたたびあけられると、広間には、遺体はなく、雨木の死体の転がっていた場所には、白いテープで、人型がかかれていた。

あとは、白い上っぱりを着た鑑識員と殺人の捜査官がいて、忙しそうに、室内の写真を撮ったり、指紋の採取をしていた。

「お待たせしました。みなさんがご存じのように、ここで、出席者の一人の雨木二郎さんが、突然亡くなられました。毒物死です。それで、これからみなさんに、その前後の事情をおききしたいと思うのですが……」

背の高い知的な顔をしたその男は、京都府警捜査一課の狩矢《かりや》という警部だと名乗った。

〈捜査一課というと、殺人課だわ。やっぱり、これは殺人なんだわ〉

明子は緊張した。

彼は、パーティがはじまる前からの、各出席者の位置が確かめたいらしく、みんなの前で、一人一人に、パーティがはじまる前はどの場所にいて、雨木が死亡したときには、どこに移動していたかをきいた。

明子も、パーティに出席した理由をきかれたあと、動いた場所を歩くようにいわれた。

幸い、雨木が死亡するまで、明子は、最初についた席を離れず、やって来たのは、野田と細川だけだったので、簡単にすんだ。

明子が、ドラマを再現させられている間、細川が、心配そうにみていてくれたので、明子はうれしかった。

「では、あなたは、今回、はじめて、ここに出席の皆さんと会われた。それまでに会ったことのあるのは、細川さんだけですね？」

狩矢が、念を押した。

「はい、私は、ゲストというか、部外者のようなものですわ。ですから、雨木さんという死んだ方も存じませんし、細川さん野田さん以外の方とお話もしてません」

「つまり、関係ないというわけですか？」

「はい。ですから、もう帰っていいでしょうか？」

明子は、余裕をとり戻していった。

「いや、それは困ります。あなた自身とは、かかわりがなくても、あなたのお知り合いの細川さんや野田さんに協力して、それと知らずに何かしたということもありますからね」

狩矢は、笑顔でいった。

「ひどいわ。じゃあ、ここに最後までいます。その代り、缶ジュースぐらいのませて下さい。喉《のど》がかわきましたから」

すると、二、三人が、自分たちも何か飲みたいといい出した。

狩矢の部下らしい橋口という警部補が、狩矢に言われて、外へ缶ジュースや、缶コーヒーを買いに行った。

4

やがて戻って来た橋口が、全員にジュース類を配った。

「今、相当遠くまで行って買って来た缶ジュースと缶コーヒーなので、毒物は入ってないと思います。でも、念のため、缶が少しでもあいてなかったか、たしかめてから、お飲み下さい。では、あとは、一人ずつ、お話を伺いたいと思いますので、呼びましたら、別室へ一人ずつ来て下さい。あ、それから、飲み終った缶は、集めて捨てますから、あちこちに捨てないで下さい。事件とかかわりがあると思われると困るでしょうから」

狩矢はそういってから、教授のところへ行き、何か打ちあわせか、了解を得るように話してから、別室へ消えた。

明子は、狩矢警部に好感を持った。

普通、警察というのは、自分の持っている情報はいわずに、一方的にこちらの話をきこうとするものだときいているが、彼は違った。雨木の死が毒物死であること、毒物は、多分、床に砕け散ったグラスに入っていたと思われるので、今、鑑識が調べていること、自殺と殺人の両面から調べているが、自殺する動機がなければ殺人事件となるので、ご協力をお願いしたいと、誠意をもって、わかっていることは公表して頼んだからである。

やがて、一人ずつ狩矢たちのいる別室へ呼ばれ、事情聴取がはじまった。

呼ばれて戻って来た人に、みんなは、何をきかれたのかと一生懸命きいている。

明子も、耳をすませた。

みんなきかれたことは共通していて、死んだ雨木の性格、生活についての情報と、呼ばれた人物と雨木との関係などだった。

明子も何番目かに呼ばれて行って来たが、きかれたのは、細川との関係と、野田のことだった。

「野田さんというのは、今日はじめて会った人で、細川さんからも、今日まで、名前もきいたことがありません。パーティのとき私が一人でいるのをみて、声をかけて下さっただけだと思います」

「それで、何を話したんですか？」

「在原業平のことですわ」

「えっ、在原業平？」

「はい、細川さんとはじめて会ったのが、在原業平の寺といわれる大原野の十輪寺でしたから、細川さんとの話も、業平のことについてが多いのです。今日、紹介されたときも、野田さんは、在原業平については、僕なんかより詳しいから――といって下さったので、自然に業平の話になったんです。私のところにやってくるなり、彼は、ビールをついでくれて、在原業平に乾杯！　といったんです」

明子は、そのとき、野田と話した、『伊勢物語』は、すべてが業平の作ではないという話をした。大杉家に、母親の違う美子という娘がいるということをきいたことは、話さなかった。

野田については、狩矢も納得したようだった。

「では、細川さんとは、どういうご関係ですか？」

「雨木という人の死と、私と細川さんの間柄がどう関係しますの？」

明子がいうと、狩矢は苦笑しながらいった。

「プライバシイにかかわるなとおっしゃればひっ込めますが、もし、細川さんと結婚すると約束でもしておられるとしたら、あなたも、部外者でなく、一心同体で細川さんと同じ動機があることになるからです」

「つまり、私が、細川さんに協力して、雨木さんを殺したかもしれないということですか？」

明子は、きっとした目で狩矢をみつめたが、思いなおして素直にいった。

「細川さんとは、恋人同士といえるかどうかわかりません。まして、結婚の約束なんかしてません。何となく話が合い、好意も持って下さっているようで、電話でよく話しますけど……。今回、このパーティに来るように誘って下さったときには、彼のご両親に紹介されるのかと思い、うれしかったくらいですもの」

「細川さんは、このパーティのことや、パーティに出席する人について、どんな風にいってましたか？」

「文学関係の人が集まるから、来ませんかって。出席する人については、女性の学生たちも来るからといっただけです。あ、それから、場所は、今年はうちでするからといってました」

明子は、狩矢が信じてくれるようにと祈りながらいった。

5

事件がおこって警察が来てから検死が約一時間、そのあと、出席者全員に事件のことをきいたり、一人一人に事情聴取をして、結局、雨木が死亡してから三時間あまりたって、明子たちは解放された。

細川が家まで送ってくれるというので、明子は、彼の車に乗り込んだ。

「大変なことがおこってしまって……。明子さんにも、ご迷惑をかけてすみません」

細川が頭をさげた。

「いいえ。いいんです。それより、本当に、雨木さんは殺されたんでしょうか？　殺人事件というのは、小説の世界のことだとばかり思っていたのに、現実におこるなんて」

明子は、雨木が死んだときから、細川と事件のことを話したくてたまらなかったので、勢い込んでいった。

「明子さんは、雨木くんのこと知らないから、まだいいけど、僕は、彼と何年も同じ研究室にいたので、ショックが大きいです」

「わかりますわ。それで、雨木さんて、どんな人だったんですか？」

「彼は、文句なく秀才でしたね。頭がよくきれて。そんなに勉強してる様子はないのに、成績は、いつもトップでしたよ。僕たち助教授の誰よりも、ずっといい成績で卒業し、すぐ助手になりました。彼は、薬学部長の息子で、家柄はいいし、女にもよくモテたなあ。最初、大学院生の伊達麻里子くんも、彼が好きで、バレンタインデーのチョコレートを渡したり、一生懸命接近してたみたいですね。伊達麻里子くんは紹介しましたよね？　今日も、パーティに来てたけど」

「ええ、でも、彼女は、大杉教授を愛しているようにみえましたけど……」

明子は、意外だった。

「伊達くんは、あんなに美人なのに、雨木は、見むきもしなかったんだ。それで、意地もあって、大杉教授の方へ行ってしまったんだと思うけど」

「では、その麻里子さんにも、犯行の動機がありますね」

「えっ、どうして？　雨木くんにフラれて恨んでいたということ？」

「ええ。彼女プライドが高そうだし、表面上は、教授が好きなように見せかけていても、内心では、一途に雨木さんを想っていたんじゃないかしら？」

「他に動機のあるのは誰かな？」

「美子さん」

「なるほど。彼女は、太田くんとつき合っていて、それを麗子さんに邪魔され、あきらめて雨木くんにしたら、それも奪われているから、動機はあるなあ。しかし、会場にはいなかったでしょう?」

「でも、共犯者がいるかもしれないし……。彼女も雨木さんに未練があったのかもしれないわ。でもその場合は麗子さんの方を殺すんじゃないかしら? 雨木さんを殺したら、何にもならないと思うんですけど」

明子は、納得出来ないように、首をかしげた。

「雨木くんに未練があったというよりは、恨みがあったんじゃないかな? 最終的にひどいことでも言われて。それ以外に、容疑者はありませんか?」

細川は、スピードをおとし、うしろの車を先に行かせてからいった。

「麗子さんだってあやしいものですわ。死体をみつめて呆然とした顔はしていたけど、本当は、彼女が殺したのかもしれないでしょう?」

「でも、麗子さんは、雨木くんと仲が良かったですよ。誰もが、麗子さんと雨木は、結婚するのだと思っていたくらいで……」

「でも、雨木さんが麗子さんをフッた場合だってありますわ。彼は、よくモテたというし、家もいいから、それほど教授の娘と結婚したいと思わなかったのかもしれない」

「なるほど。麗子さんは、我ままだし、自由奔放だから、最初はよくてもイヤになったのかもしれないですね」

「今まで、麗子さんは、男性をフッたことはあっても、フラれたことはなかったでしょうから、プライドが傷つけられ、カッとしたのかもしれませんわ」

「そういうことも考えられますね。他に、容疑者はありませんか？」

細川は、車を道路のはしによせて停めた。

6

「さっき出て来た太田さんも、もちろん容疑者の一人でしょう？　麗子さんとつき合っていたのを雨木さんにとられたわけですから、一番、動機はありますわ」

「じゃあ、容疑者の名前をメモ用紙に書いてみようか？」

細川がいうと、明子は、まだ、三人容疑者がいるといった。

「野田さんと細川さんも容疑者ですわ」

「えっ、僕も？」

細川は、びっくりしたように、明子をみた。

「教授は、雨木さんのお父様と友人のようですけど、雨木さんは教授にするには早すぎるし、するのなら、野田さんか細川さんがいいと思っていらっしゃると、待っている間にきいたのです。麗子さんと結婚させるのも、その二人のうちのどちらかがいいと思っていらっしゃるようですわ。でも、麗子さん自身が雨木さんと愛し合って、結婚したいといえば、仕方がないと思っていたんじゃないかしら？　それなら、雨木さんが消えることによって、野田さんか細川さんに、麗子さんと結婚し、教授に昇格する芽が出て来ますわ」

「僕は、彼女と結婚したいと思ってないよ。それに、そうまでして、教授になりたいとは考えてないよ」

細川が怒ったようにいった。

「ごめんなさい。一応可能性を考えただけです」

「じゃあ、もう一人は誰？」

「教授です」

「えっ、大杉教授が？　まさか……」

「教授は冷静な人で、麗子さんのお婿さんには、まだ助手の雨木さんより、野田さんか細川さんがいいと思っていた。それに、雨木さんのお父さんとは仲がいいといっても、死んだ雨木さんには、あまりいい感じを持ってなかったかもしれない。美子さんと麗子さんの二股かけて、美子さんは、相当傷ついていて可哀そうだという気持を持っていたのかもしれないでしょう？　雨木さんが消えれば、麗子さんも、そのうちあきらめて、野田さんか細川さんと結婚し、細川さんが美子さんでももらってくれれば理想的だと考えたんじゃないかしら？」

「しかし、そういう気持はあっても、教授が殺人をするとは思えないけど」

「私も、可能性があるといってるだけです。一番、可能性はうすいですね」

明子も、素直に認めた。

細川が、容疑者の名前を、メモ用紙にかいた。

太田助教授

大杉美子

大杉麗子

伊達麻里子

野田助教授

細川助教授

大杉教授

「では、講師の三人は、関係ないというんだね。まあ、加藤は結婚しているけど」

細川が、メモを見ながらいった。

「動機が全然ないということはないと思いますわ。だって、雨木さんは、助手でしょう？助手がいなくなれば、三人のうちの誰かに、助教授への道が開かれるかもしれないんですもの」

細川は、大きくうなずいた。

「その可能性は大きいね。実は標準的な大学では、教授一人、助教授二人、助手二人、講師二、三人というのが普通です。しかし、うちの大学では、文学部も、二つにわかれていて、現代文学と古典文学の二つの枠があるんです。現代文学の池教授は、ここ一年病気で療養中なので、大杉教授が、両方を統轄しているんです。池教授はガンということだし、亡くなれば、教授のあきが一人出るし、大杉教授が学部長から学長になれば、もう一人教授のあきが出ます。その後任は助教授のなかから選ばれるだろうから、助教授の席が二人あくわけで、雨木くんが死ぬと、講師から助教授になる人が出る可能性がある。その意味で、助手の雨木くんが死亡したことは、大きな意味がありますね。これでよけい明子さんに僕が疑われることになるけど」

細川は、苦笑した。

「特に、講師という身分は、不安定なんです。時間講師とか非常勤講師とかあって、一年間契約のものもいて、必ず、助教授になれるとは限らないのです。助手になってしまえば、いずれ助教授にはなれると思いますが？」

二人は、じっとメモをみつめた。

第三章　容疑者たち

1

翌日、明子は、会社が終ると、細川と会った。

場所は、水仙が美しい寺であった。

季節なので、白い水仙が境内のあちこちに咲いている。

その庭を歩きながら、二人は、話をした。

「寒いですか？」

細川が、気づかう。

「いいえ。コートを着てますから」

「喫茶店でと思いましたが、人のいるところで、殺人の話は出来ませんからね。少し話したら、どこかで食事でもしましょう」

「ええ」

「きれいな水仙だなあ」

　先を歩いていた細川は、一本の水仙をじっとみたあと、ふり返っていった。

「明子さん、あなたの会社に、今日刑事は行きませんでしたか？」

「いいえ。どうしてですか？」

「我々の大学には、あの狩矢とかいう警部たちがやって来て、随分、色々きかれましたから、あなたのところへも行ったんじゃないかと心配していたんです」

「それで、事件のことはどうなったんですか？」

「さあ、わかりません。でも、教授の話では、教授の家へも行って、色々きいたらしいです」

「まあ」

「教授夫人と、美子さん、もちろん、麗子さんにも」

「教授夫人と美子さんは、パーティ会場の細川さんの家へは行ってないのだから、事件には関係ないですよね？」

「だから、客観的な第三者として、我々助教授や講師たちの性格や雨木くんの交友関係をきいたのかもしれませんね」

「客観的な第三者といえるかしら？」

　明子が呟いた。

「えっ、どういうことですか？」

「会場には来なかったというだけで、教授夫人や、美子さんには、動機があるでしょう？」

「……」

「美子さんは、殺された雨木さんと最初つき合っていたのに、妹の麗子さんに雨木さんを奪われたわけでしょう？　雨木さんを恨んでいたと思うし、大きな動機がありますわ、教授夫人だって、教授に愛人が何人もいるから、教授と不和でしょう？　恋愛については神経質になっていて、二人の娘の美子さんと麗子さんを乗りかえるなどもてあそんでいる雨木さんに不快感を持ってたかもしれないわ」

「でも、そのくらいで殺したりしないよ。それに、自分の娘の恋人がとられたのではなくて、雨木は、先妻の娘から、自分の娘に乗りかえたのだから、殺すほど憎むということはないと思うんだけど」

「それはそうですね。でも、雨木さんが、麗子さんを捨てて、別の女性とつき合い出したのかもしれないでしょう？　それ以外にも、雨木さんは、教授の家によく出入りしていたから、教授の浮気だとか、色々なこと知りすぎていて、人に洩らしたのかもしれない。色々事情が重なって、雨木さんを殺したいと思っていたかもしれないわ。でも、あやしいのは美子さんの方だけど」

「……」

「どうしたんですか？　さっきから沈黙がちだけど」

「いや、美子さんのことなんですよ。彼女は、会場に来てなかったと思っていたけど、あとでうちにパーティ会場を設定してくれたホテルマンにきくと、パーティの前に、ワインを一ダースと、ビールを二ダース持って来てくれたというんです。教授からの差し入れだといって」

「えっ、本当ですか？」

「ええ。そして、ワイングラスを洗ったり、手伝ってから帰ったって。ひょっとしたら、そのワインの中か、グラスに毒物が入っていた可能性もある」

「狩矢さんは、そのことを知っているのかしら？」

「ホテルマンからきいて知ってるようです。だから、自宅の方へ行ったんじゃないですか？」

「結局、毒物は何に入っていたんですか？　それとも、空のグラスに付着していたのかしら？」

「それがわからないのです。最初は、グラスだと思ってたんですが、空いていたグラスに塗っておいても、はたしてそれを雨木が飲むかどうかわからないし、ワインボトルに入れておいたのなら、同じものを飲んだ人が、死ぬと思うんだけど……」

細川は、首をかしげた。

2

「警察では、誰を一番疑っているんでしょうか？」

　明子は、立ち止っていった。

「太田と美子さん、それに麗子さんも、あなたの言うように、雨木と別れ話でも出てたら怪しいんじゃないかな。それに太田くんのあと麗子さんとつき合っていてフラれた野田くんなんかも恨んでるだろうね。恋愛問題だけでなく、うちの大学の関係者の場合は、それに、教授とか助教授昇進などがからんでいるからね。麗子さんと結婚したものが、結局、上へあがれると思うんですよ。教授も人間だから、やはり、情にほだされる。推薦するのは教授の腹一つだし。教授も学長への野心を持っていますからね」

「あら、野田さんも、麗子さんとつき合ってたんですか？　太田さんのあとは、雨木さんに乗りかえたときいたんですけど」

　明子が、びっくりしたようにいった。

「いや、つき合うといっても、野田くんの方が、麗子さんが太田くんとささいなことで喧嘩して会わなくなっていた時期に、一生懸命にアプローチしてたということです。麗子さんも、淋しかったのか、気のあるような素ぶりをしてましたからね。野田くんは、少なくとも嫌われてはいないと思って今も自信をもっていると思います。麗子さんの方は、太田くんへのあてつけだったと思うけど。太田くんとは、一旦、仲直りしたようにみえたけど、そのうち、積極的な雨木の方へ行ってしまったんです。野田というのは、出世欲が強く、どうしても一番早く教授になりたいと思っている奴ですから、愛よりは、政略結婚を望むでしょうね」

「そんな人だったんですか？」

表面、学者風で真面目にみえた野田も、出世欲にかられている人なんだなと、興ざめだった。

「雨木というのはどんな人なんですか？」

しばらくして明子がきいた。

前夜も、目の前でおこった殺人事件で眠れず、誰が犯人なのだろうかと考えてみたが、みんな初対面の人ばかりで、データがなく、考えようがなかったからだった。

「雨木は、うちの大学の薬学部長の息子で、名誉だけでなく、母親の実家が裕福だったから苦労がなく、割と自由奔放に生活してましたね。しかし、金持ちのボンボンというだけでなく、頭がよかったから、成績はいいし、ハンサムだし、女性から見たら、こんな魅力的な男性はいないでしょうね。彼は助教授や教授になりたいとも思っていないようでしたからね」

「家がよくて、ハンサムで、女好きでというと、在原業平か、光源氏みたい」

「そういえば、そうですね。光源氏よりは、在原業平でしょう？」

「あら、どう違うんですか？」

「さあ、人によって解釈は色々あるだろうけど、光源氏は、タダの色好みの美男子で、身分の高い男性ですが、在原業平には、プラス文才もあるし、ポリシーがあるような気がするんですよ」

「歌が上手だからですか？」

「ええ。それもあります。彼には、ユーモアの精神もあるし……」

「あっ、わかりましたわ。からごろもの歌なんかそれでしょう？」

「ええ、

からごろもきつつなれにしつましあれば
はるばるきぬる旅《たび》をしぞ思う

ご存じのように、これは、河のほとりに咲いていた『かきつばた』の五文字を、句のかしらにおいて旅の心を詠《よ》めという要求に応えた即興の歌です。単に、五字を、句のかしらにおいたという技巧だけでなく、『唐衣《からごろも》』と、衣類を出した勢いで、『着つつ』『褻《な》れにし』『褄《つま》』『張る』『着ぬる』と、いう風に、これでもか、これでもかとばかり、衣類の縁語をくり出す、旅装束の荷厄介や、汚れ物の始末に困り抜いていたであろう道連れへの念の入ったからかいだと、目崎徳衛《めざきとくえ》聖心女子大学教授なども言っています。そして、最後を、『旅をしぞ思う』と嫋嫋《じょうじょう》と結んで、みんなの郷愁をさそうというように、哀愁と諧謔《かいぎゃく》にとんでいます。

　とにかく、『伊勢物語』のモチーフは、色好みと不遇なんです」

「そういえば、在原業平は、天皇の孫に生まれながら、天皇にはなれず、東下りとか、不遇な人生を送っていますね」

「ええ。しかし、それも大した不遇ではないのです。たしかに、色好みの方は、事実としても、しばらく官歴の停滞があったものの、あとは順調に昇進して、晩年は、天皇に近侍する蔵人頭に補せられていたのだから、そんなに不遇じゃありません。でも、虚実ないまぜながらも、彼の純粋な愛や心があらわれているのは、さすがだと思います。彼は、詩人肌のやさしく真面目で誠実な人柄で、純粋な愛を追求した人物だと思うんです。彼と高子妃との愛などをみると、光源氏などのたわむれの恋より、純粋で、頭もいいように思われるんです」

　専門の話になると、細川も熱っぽく話した。

3

「寒くなって来ましたね。何か食べに行きましょう」

細川はそういうと、明子をエスコートして、タクシーに乗せ、花見小路新橋のスナックに案内してくれた。

ここは、スナックなのに、おでんやうどん、小型のお好み焼きなど、軽い食事も出来て値段も安いのだということだった。

「ここのおでんはおいしいんですよ。暖かくなるし、まず、とってみましょうか？」

細川がそういって、おでんをとってくれた。

店の中は、L字型に曲っていて、端の方に座ると、人の目もなく、話しやすかった。おでんを食べ、ビールを飲むと、やっと人心地がついた。外はやっぱり寒かったのだ。

落着くと、さっきの話の続きになった。

「すると、雨木さんは、在原業平には、とてもなぞらえられませんね。そんな理想的な男性じゃないんでしょう？」

明子がいうと、細川は、あわてていった。

「そうでもありませんよ。ま、ハンサムだし、家もいいし、女好きだったから、現代なら、いや、我々の周辺でいえば、在原業平といえば、彼ぐらいになるんじゃないかなあ」

「すると、高子妃に匹敵するのは、さしずめ麗子さんかしら？」

「そうですねえ。教授の娘ですからね」

細川は、あまり賛成でない様子だった。

「美子さんは、誰になぞらえたらいいんでしょうか？」

「高子には、有子、淑子という姉がいますが、特に目立った女性ではありませんね。三人は、仲が良く、三人の中では高子が天皇の妃として一番出世していますが、姉たちも、それぞれ、幸せに、いい地位についていたといいます。淑子は、女官長になっていて、秘かに命じて、『伊勢物語』を作らせ、藤原高子に奉ったのではないかといわれているくらいですから、麗子さんと美子さんの関係とは、ちょっと違うんじゃないでしょうか」

細川は、苦笑しながらいった。

「細川さんは、美子さんと麗子さんと、どちらが好きですか？」

思い切って明子がきくと、細川は、困ったように、うつむいてから、ぼそぼそといった。

「僕は、どちらもあまり好きじゃありません。教授の娘をもらって、そのコネで、教授になるなんてイヤですからね。教授の娘でなかったら、やっぱり麗子さんの方がいいかな。美子さんは、何を考えているかわからないんですよ。その点、麗子さんの方が、明るくて、はっきりしているから。でも、僕は明子さんのような女性があらわれないかなと思ってたんだ」

「あら、お世辞？」

「いや、美しくて頭がよくて、教授の関係じゃない人と、恋愛できたらいいなと」

「私、美しくも、頭がよくもないですけど、細川さんみたいな方にあこがれてたんです」

「本当？　うれしいな。じゃあ、これからもつき合って下さい」

細川は、顔をあげていった。

「でも、教授が許して下さるかしら？　娘さんのどちらかを、細川さんにもらってもらいたいと思っていらっしゃるのじゃないでしょうか？」

明子は、細川の言葉をうれしく思いながらも、気になっていたことをきいた。

「大丈夫ですよ。今は、こんな事件があったときだから、私的なことといえないけど、そのうちに、教授に報告しておきますから。他の助教授や講師たちも、候補者が一人へったら喜ぶでしょう」

細川は、笑顔になった。

その日は、うきうきした気分で、家に帰った明子だったが、翌日、意外な光景に出会った。

会社の仕事で、街へ出たとき、麗子と細川が、楽しそうに喋りながら歩いているのを見てしまったのだ。

二人は、四条通りを歩き、ウインドゥショッピングしたりしたあと、喫茶店へ入った。

〈細川さんて嘘つきっ。昨日、麗子さんなんか好きじゃない。私とつき合いたいといったばかりなのに〉

二人の前に出て行ったら、細川がどんな顔をするかと思ったが、勇気がなくて出来ず、明子は、しおしおと、出先へむかった。

その夜、細川から電話がかかって来たとき、

「お昼に、麗子さんと歩いていらっしゃるの見ましたわ。私は、身を引きます」

といって電話を切ってしまった。

彼は、すぐ電話してきて、教授から、麗子をなぐさめてやってくれといわれたし、麗子さんが、わざわざ訪ねて来たので、仕方なく……などと、弁解をしたが、明子は、何も言わず電話を切った。

4

細川からも電話がかからなくなって三日目、電話のベルが鳴った。

そのときには、明子は、細川と喧嘩したことを後悔していた。

〈細川さんの言ったことは、本当かもしれない。教授に、麗子さんの力になってやって欲しいといわれ、そこへ麗子さんがあらわれたら、ウインドゥショッピングや喫茶店にぐらいつき合うこともあるかもしれない〉

折角、いい友だちになり、恋人にもなれた細川を失ったことが辛かった。

彼の存在が、これほど大きくなっているとは、自分でもわからなかったと、はじめて思った。

〈彼にあやまりの電話をかけようか？　でも、彼は許してくれないかもしれない。プライドの高い人だし、もう、私に対する気持は、消えているかもしれないから……〉

と、思っていたときの電話だった。

明子の顔が輝いた。

〈あっ、細川さんだわ〉

しかし、電話は細川ではなく、意外にも伊勢静也からだった。

「伊勢です。パーティ会場でお会いした……」

「ああ、覚えていますわ。『伊勢物語』の伊勢さん？」

「はい。実は、事件のことで、少しお話したいことがありまして」

「私の電話番号、どうしてご存じなんですか？」

明子は、堅い口調でいった。細川でなかったので、がっかりしたのと、伊勢という男の第一印象が、軽薄にみえてあまりよくなかったからである。それでも、事件のことといわれたので、きいてみることにした。それに、彼を通じて、細川のことがきけるかもしれないと思ったからである。

「あなたが、O不動産に勤めていると、細川さんがいっていたので、会社に電話してきいたんです」

「それで、事件のことって何ですか？」

「実は、今日、教授のお使いで、本をたくさん持って教授宅へ行き、奥さまと話す機会があったんです。そのとき、奥さまが、雨木さんが飲んでおとしたと思われるグラスの一片から、細川さんの指紋が出たらしいといわれたんですよ。警察の人からきいたんだと思いますが……」

「えっ、細川さんの指紋？」

　さすがに、明子は、びっくりしてきき直した。

「そうなんです。グラスの底の部分だそうです。つまり、細川さんが飲んだか、さわったグラスに、毒物が入っていたんですよ」

「そんな……。彼が犯人のはずがないわ」

「どうしてですか？」

「そういう人じゃないということです」

「それから、もう一つ、ワインボトルですが、どれを調べても、毒物は入ってなかった。でも、空のボトルの一つに、かすかに、毒物反応があったというのです」

「それがどうかしたんですか？」

「事件がおこる前、細川さんは、ワインボトルを一つひっくり返しているんです。もうあまり残ってなかった分ですが……」

「どういう意味ですか？」

「もし、ワインボトルに、犯人が毒物を入れたとしたら、どうして、他の人も死ななかったのだろうと不思議だったのですが、犯人は、残り少ないボトルをえらんで、そこに毒物を入れ、雨木さんのグラスについだあと、のこりをこぼしてしまったと考えられませんか？　証拠が残らないように」

「すると、細川さんが犯人だと？」

「いや、そうはいってませんけど、教授夫人が、それだと、細川さんが犯人になってしまうと悩んでいました。彼に教えてあげたい気もするけれど、そんなこと言えないしと心配しておられました。それで、僕が余計なことかもしれませんが、あなたから、細川さんに教えてあげたらどうかと思ったんです。警察から細川さんがきかれたとき、あらかじめ疑われていることを知っていたら、うまく説明できると思うんです。

　グラスの方は、細川さんが、グラスのワインを飲んでテーブルにおいたのをみた犯人が、空グラスのように装って、そこへ毒物入りのをついで雨木さんに飲ませたのかもしれません。そうでなければ、犯人が、グラスを拭きとったあと、底だけ忘れたと思われてしまうでしょう？　ワインボトルの方も、誰かにおされて倒したのだとか、あらかじめ考えておいた方がいいと思うんです」

「でも、どうして私にそんなこと教えて下さるの？」

「あなたに好意を持っているからですよ」

伊勢は、ずばりといった。

5

「えっ」

「僕は、パーティで、あなたをはじめて見たときから好きだったんです。だから、あなたに幸せになって欲しいと思う。細川さんが犯人でなくて、あなたと無事にゴールインされたら、祝福して見送りたいと思います。もし、犯人でも、捕まらないで欲しい。あなたが悲しむのを見るのは辛いから。だから警察の動きを知らせたいんです。でも、もし、細川さんが犯人だったら、つきあいをやめた方がいい。そう思いませんか？　細川さんに夢中なあなたには、僕のいうことが耳に入らないかもしれないけど……」

「そんなことありません」

「本当ですか。それはうれしいな」

「それに、私、細川さんと結婚するときめてませんもの」

「えっ、そうなんですか？　そういえば、細川さん、ここ二、三日、沈んだ感じでしたね。

喧嘩でもしたんですか？」

　彼は、心配そうにきいた。

　明子は、次第に、彼に心を開いていった。

「ええ。三日ほど前、偶然、細川さんが麗子さんと仲よく街を歩いているのを見てしまったんです。その前の日に、私にプロポーズしたのに。だから、彼から電話がかかって来ても切っていたんです。もうかかって来なくなりましたけど……」

「ああ、麗子さんのことですか。前に、教授が、美子さんか麗子さんのどちらかと、細川さんを結婚させたいと思っておられたのは、事実です。でも、細川さんが、はっきりした態度をとらないので、美子さんは、遠慮し、麗子さんも、積極的に働きかけて、また太田さんとつき合うようになったんです。細川さんへみせつける気もあったでしょうね」

「もし、細川さんが、雨木さんを殺したのだとしたら、動機は何ですか？　雨木さんを殺すほど麗子さんが好きだったら、最初のときに、彼女とつき合えばいいでしょう？」

　明子は、怒ったようにいった。

「僕もそれがわからないと教授夫人にいったんです。だから、もし、細川さんが警察に調べられるようなことがあったら、僕には動機がないといったらいいと思いますよ。とにかく、細川さんとは仲直りして下さい。そして、警察に対する対策を一緒に考えてあげて下さい。よけいなお世話ですが」

そういうと、彼は電話を切った。

電話のあと、明子は、じっと考え込んだ。

まさか、細川が疑われているとは思いもしなかった。

〈本当に、細川さんが、雨木さんを殺したのだろうか？〉

伊勢も、細川さんには、動機がないといっていたが、本当にないのだろうか？

明子の知らないことで、雨木を殺す動機があるのかもしれない。

明子は、強いて動機を考えてみることにした。

細川は、教授が、娘を自分に嫁にやりたいと思っていると知ったとき、うれしかったのではないだろうか？　それだけ教授が自分を見込んでいるということだし、娘をもらえば、教授になれるのも早いだろう。しかし、まわりのものが敏感にみつめているので、ミエミエはまずいと思って、すぐ飛びつくようなことはせず、ゆっくりとすすめることにした。

それに、美子さんと麗子さんのどちらをとるかも考えないといけない。

彼は、麗子さんの方が好きらしいが、麗子さんの気持はわからない。浮気で気まぐれな性格だし、太田助教授などとも気軽につき合っている。

もし、麗子さんの方をえらんで、彼女が断ったら、美子さんというわけにはいかない。

美子さんもプライドが高いし、妹がダメだから私にというのは耐えられないだろう。

そんなことを考えて、彼が慎重になっている間に、二人の娘は、細川を見限ってしまった。

美子さんは、細川が何もいってこないので、どうせ自分は選ばれないと思い、積極的に誘ってくれる太田とつき合うことにした。太田はズルくて、麗子と美子の両方に、うまくアタックしていたのだ。

麗子は、自信満々だった。

美人で、男性にはモテたし、家もいい。その上細川は、父の下にいる男だ。教授である父がいえば、一も二もなく、自分にプロポーズするだろうと思っていた。

ところが、自分にはアタックして来ない。

〈あら？　では、姉を選んだんだわ〉

彼女は、そう思い込み、屈辱感を味わった。それで、選ばれなかったのではなく、自分の方に恋人がいて断ったんだとみんなに思わせるために、積極的に誘い続けていた太田を、好きだといって誘惑した。

太田は、美子でもいいとつき合いかけていたのに、麗子に誘われて迷った。

女としては、麗子の方が美人だし魅力がある。それに、先妻の娘より現在の妻の娘である麗子の方が、出世もスムーズにいくと判断した太田は、思い切って麗子に乗りかえた。

ところが、細川が美子にもプロポーズしてなかったことを知って、麗子はなんだと思った。

しかも、太田は、美子と二股かけていたことも知った。

太田は、もともとそう好きでなく、積極的に甘い言葉や贈りもので迫って来たので、つき合うようになっただけだった。

そこで、まわりを見まわしたときに、目についたのが、雨木だった。

6

灯台もと暗しで、考えてみると雨木は家によく出入りしていた。彼の父親が薬学部長で、父親の大杉と親しい関係だったからである。

今まで、あまり、男性として雨木を意識してこなかった。しかし考えてみると、彼はハンサムだし、知的で、家もいい。裕福に育っているので、ガツガツせず、気前もいい。ガリ勉でなくても成績はよく、出世欲も他の助教授や講師のようにムキ出しにしない。

〈彼なら、細川さんより結婚相手としていいと誰でも思うにちがいないわ。今は助手だけど、彼なら、将来、助教授、教授と順当にすすんでいくに違いないわ〉

と、雨木の、男性としての魅力に気づいた麗子は、彼に気があることを見せる。

それで、雨木も麗子を女として気づいたのか、前から好きだったかわからないが、よろこんで急速につき合うようになる——

そこまでストーリーを考えて、明子は、顔をあげた。

〈麗子さんが、雨木さんとつき合い出したのを知って、細川さんは、あわてたんじゃないかしら？　自分がぐずぐずしていたために、麗子さんが雨木さんの方へ行ってしまったと思い、残念だった。そのときになって、自分が麗子さんをどんなに愛し、あこがれていたかに気づいて、どうしても、麗子さんを奪いたくなった。雨木さえいなければ……と思って、雨木さんを殺したのではないかしら？〉

　明子の顔は、蒼《あお》ざめていた。

　眠られぬ夜を過した明子は、翌日、会社でも元気がなかった。

〈やっぱり、細川さんに会おう。彼が犯人であるのかないのか確かめたい。このままでは、勤めも出来ないわ〉

　自分なりの理由をつけて、明子は、細川に電話をかけた。

「ごめんなさい。一度会ってお話出来ないかしら？　そちらがイヤなら仕方がないけど、三日間考えて、細川さんを失いたくないの」

　すると、彼も、電話に出たときとはうって変って明るい声になっていった。

「僕も会いたいと思ってたんだ。君の言ったことは誤解だから、話し合いたいんだ」

　二人は、翌日の土曜日、市内の喫茶店で会うことにした。

　明子が行くと細川は、先に来て待っていた。

「やあ、よく来てくれましたね」

　彼は、本当にうれしそうにいった。その笑顔を見ただけで、明子は、彼は犯人じゃないと思ってしまったくらいだった。

　コーヒーを注文したあと、彼は、麗子とは、恋愛関係ではなく、教授に言われたので、大学の研究室に来ていた彼女と喫茶店へ行ってお茶を飲んだだけだといった。

「でも、一昨日、伊勢さんから電話がかかって来て、最初、教授は、細川さんに、娘二人のうち、どちらかを結婚させたいと思っていたようですといってたわ」

「伊勢って、あの伊勢？　彼とそんなに親しいの？」

　細川は、驚いたようにきいた。

「いいえ。一昨日、はじめて電話がかかって来たんです。私もびっくりして……。彼が事件について話したいというからきいてたんですわ。彼は、細川さんは、警察に疑われているんじゃないかって」

「ええっ、僕が？　どうして？」

　明子は、グラスの破片から、細川の指紋が出たこと、空のワインボトルの中に、かすかに毒物が検出されたこと、細川がワインボトルを倒したのは、事件に関係があるのではないかと、伊勢のいったことを詳しく話した。

　話が長くなりそうなので、途中で、細川の提案で喫茶店を出て、詩仙堂へむかった。

「詩仙堂には、寒椿が咲いているから、あなたに見せたいと思って」

詩仙堂は山茶花《さざんか》の大樹で知られているが、寒椿でも有名なのだという。

確かに、白地に赤の斑《ふ》の入った椿は、りりしい感じで素晴らしかった。

その花の前で、彼は、きっぱりといった。

「僕は、絶対に殺人はしていない。動機もないし、信じて下さい」

第四章　長岡京の殺人

1

伊勢静也の死体が、発見されたのは、長岡京跡だった。

長岡京は、平城京から遷都して、たった十年で、平安京に再び遷都してしまったので、幻の都とも呼ばれている。

京都の西のはしにあり、淋しい場所だったが、近年、住宅地として栄えている。

長方形の児童公園の片隅に、石碑が建てられ、「長岡宮大極殿《だいごくでん》跡」と書かれているが、地元の人でもあまり知らないくらいだ。

発見したのは、地元の主婦たち三人で、子供を連れて通り、人がたおれているのをみつけたという。

主婦たちはすぐに一一〇番に通報し、救急車やパトカーが駆けつけてきた。

その男は、すでに死亡していて十二時間以上たっていることがわかった。

死因は、毒物死で、そばに毒物の入った缶コーヒーの缶がころがっていた。

缶についた指紋は、本人のものだけで、一見、自殺のようにみえた。

しかし、それが京南大学の伊勢という学者であることがわかって、急に、警察は色めきたってきた。

つい先頃、同じ京南大学の雨木という助手が新春のパーティで殺されたばかりだったからである。

雨木の事件は、まだ、解決されていない。

伊勢の事件も、雨木の事件に関係があると、京都府警の狩矢警部たちは、考えた。

伊勢が死亡して数日たった日、早川明子は、長岡京跡で、細川とデートしていた。

「伊勢くんが死んだのは、驚きでしたね。彼は精悍《せいかん》な感じで、要領もよく、学部のものが全員死んでも生き残るような男にみえてましたからね」

細川がいった。

「その通りだわ。パーティに伺ったときにも、初対面でしたけどいかにも女性には慣れているという感じだったし、教授のお宅へ本を運んだり、よく行っている様子でしたわ。教授夫人と話をしたとかいってたり、世間慣れした感じでしたね。死ぬ前々日には、私に、電話をかけてきて……。私とは、パーティで会っただけなのに。一体、誰が彼を殺したんでしょうか？　彼は、絶対、自殺なんかしない人ですもの」

　明子は、細川をみつめた。

「彼が死んで得をするのは誰だろう？」

　細川が呟いた。

「彼は、講師でした。講師というのには、常勤と非常勤とあって、常勤講師も表面上は、非常勤講師と同じく一年の契約なんですが、うちの大学では助教授になるレールにのっていると思われているんです。常勤講師なら一年でなく、少なくとも三年や五年は、安定しているし、そのうちに、助教授の道が開けてくるんです。それに比べて、非常勤の人は、他の大学へ移る前に、腰かけ的に一年来る人もいるし、一年でクビになる講師もいます。反対に、大物の学者が、大学の要請で、名前を貸すというか、講師に招聘《しょうへい》されることもあり、さまざまなんですよ」

「伊勢さんは、どんな身分だったんですか？」

　明子がきいた。

「彼は、常勤講師でした。加藤というのは、非常勤でしたが、一年契約を更新して、ずっと講師で来ています。木内は、多分、他の大学へ移るのだろうと思いますね。その大学の教授の定年が来年か再来年で、待ってるんです。教授が定年になると、助教授が昇進する。そのあきに、助教授に入るのだときいています。彼は、父親や兄弟が、みんな大学関係者で、コネがあるんです。ですから、うちの大学では、腰かけなので、おとなしくしてました。誘われれば酒も飲みに行くし、将棋などもしてつき合いのいい男です」

「では、伊勢さんが死んでも、誰も得をしないんですね？　強《し》いていえば、加藤さんが、非常勤から常勤講師になれるのかもしれませんけど」

「伊勢くんの女性関係はどうだったんだろう」

細川が急に思いついたようにいった。

「伊勢さんて、要領のいい人だから、教授のお嬢さんでも狙っていたんじゃないかしら？例えば、美子さんとか」

明子がいうと、細川はびっくりしたように足をとめた。

「えっ、美子さんを？　なるほど、盲点かもしれない。みんな意識してなかなかお嬢さんたちには近づかないけど、彼は平気で気楽に家に出入りしてましたからね。しょっちゅう会っていれば、親しくなるし、情も移るでしょうね」

細川は、考え込んだ。

「それ以外に、彼は女性とつき合っていなかったのかしら？　うわさをききませんでした？」

明子は、細川にきいた。

「彼は女性に親切だし、うちの学部の事務をしている女の子の誕生日に、みんなからお金を集めて花を贈ったりするくらいだから、女性はいたと思いますね。でも、我々には絶対いわなかった。男って、恋人が出来ると、すぐいいたいものだけど、彼は、やっぱり、教授のお嬢さんを狙っていたのかもしれないな」

細川は、はじめて気がついたようにいった。

2

「『伊勢物語』には、この長岡京を舞台にした『荒れたる宿』という段がありますね」

細川が、あたりを見まわしながらいった。

「あら、私知りませんわ。何と書いてあるんですか？」

明子がきいた。

「男が居留守を使っている家を訪ねてきた女たちが冗談半分に、『荒れにけり　あわれ幾《いく》世の宿なれや　住みけんひとのおとずれもせぬ』と歌っているだけですが……。この長岡には、業平の母親である桓武《かんむ》天皇の皇女、伊都内親王も住んでいたらしいですね」

「伊勢さんが、ここで殺されたのは、偶然かしら？　業平に関係ある場所だからじゃないでしょうか？」

明子がいうと、細川は、はじめて気がついたように「なるほど」といって足をとめた。

「なるほど、すると、動機は、やっぱり、在原業平とか、大学のことに関するのかな？　女性関係のもつれとかだったら、わざわざこんなところまで連れ出さないだろうね」

「京都には、十輪寺以外に、業平に関係のある場所って、ないんですか？」

「高倉御池に業平の邸宅跡がありますね。十輪寺は、晩年に住んでいただけですが、高倉御池の方は、ずっと居住した跡です」

「是非行ってみたいわ。細川さんは行かれたことがあるんですか？」

「もちろん行ってみました。しかし、今はオフィス街のビルの角に、ひっそりと、一メートルほどの高さの細長い石碑が立っているだけです。『在原業平邸址』とだけ刻んであるんですが」

「あら、がっかりだわ、でも、一度見てみたい」

「そういう場所でよかったら、『東五条第跡』というのもありますよ。京都のメインストリート、四条通り大丸デパートの向い側の大和銀行の壁に、よほど気をつけないとわからないような控え目な金属板が貼りつけてあるんです」

「『東五条第跡』というと……」

「あの東下りの原因であるとされている二条后高子が身を寄せていた五条后順子の邸宅があったところだといわれています」

「五条后順子ですか？　高子でなくて」

「ええ、高子の叔母です。東五条邸と業平邸とは、七百メートルほどの距離しか離れてないので、業平が通っていたと想像されますね。

さあ、どこへ行きますか？　在原業平に関係があるというと、大原野ですね」

「この近くですか？」

「ええ、ここから西の方で、車ですから、すぐですよ」

　彼は、今日は自分の車を運転して来ていた。彼は、明子を車に乗せ、大原野にむかった。

「大原野は、今は洛西ニュータウンというマンモス団地になっているんですよ。京都も変わりましたねえ。大原野神社は、それを抜けたところにあります」

「大原野神社は、たしか藤原氏の氏神ということですね？」

「そうです。『伊勢物語』では、七十六段、『小塩《おしお》の山』で、彼の恋人である二条高子が、まだ春宮《とうぐう》の御息所《みやすんどころ》と呼ばれていた頃に、この大原野神社にお参りし、その際、年老いた主人公がお供をしたことが出てますね。御息所から褒美《ほうび》の品を頂き、『心にもかなしとや思いけん、いかが思いけん、知らずかし』と書いてあります」

「藤原氏では、女子が生まれると、中宮や皇后になれるように、この大原野神社でお祈りし、それが成就されると、華やかな行列を従えて、感謝の参拝をすることになっていたんでしょう？」

「そうです。『小塩の山』の段も、藤原氏にとっては、春宮を得ての凱旋と、更に皇后の地位につけるようにという祈願の両方を兼ねた華やかな参拝だったんでしょうね」

　車は、大原野神社に着いた。

樹木が深くしげって、近所の人たちが、散策したり、お弁当を持って来て食べたりして、平和な光景である。

鹿の石像があったが、ここは、春日大社から分霊された神社だからだという。

「ここはあなたと会った十輪寺の北、二キロぐらいですね」

細川が車から出ていった。

「京都以外にも、色々と業平に関係がある場所がありますから、また、一緒に行きましょう。さて、どこかで食事して事件のことを話しましょうか？」

「お寿司食べに行きませんか？　花見小路においしい店があるんですよ」

明子が誘った。

勧めている会社の忘年会の二次会で行った「ひょうたん」という店だった。

3

花見小路から、前庭のようなところを入ると、白い格子戸《こうしど》の入った店があった。

入口の石だたみは、水が打ってある。

幸い、奥の小座敷があいていたので、二人はそこに座った。

ここは、イキのいいネタを使って、値段もそう高くないので、いつも人が一杯だった。

二人の前に持ってこられた盛りあわせをみて、明子が「キャーッ」といった。

エビが動いているのだ。

「明子さんも、子供みたいなとこあるんですね」

細川が笑った。

細川が、エビだけを紙にのせて、テーブルの下に隠してくれ、やっと、二人は寿司を食べはじめた。

「私、伊勢さんが殺されたのは、在原業平の学問に関するものや、伊勢さんの女性関係ではなく、雨木さんが殺された動機や、犯人のことを知ったからではないかと思うんです。どうでしょうか？」

「えっ、彼が犯人を知っていたというんですか？」

細川は、びっくりしたように、箸《はし》をとめた。

「ええ。伊勢さんて、教授宅に出入りしたり、私のような初対面のものにも、電話をかけたりして、随分動きまわる人でしょう？　好奇心も強い人みたい。だから、何かを摑《つか》んだのとちがうかしら？　それで殺されたと考える方が自然ですわ」

細川は、箸をとめたまま、考えている。

明子は、伊勢が電話でいってきたことが気がかりだった。

伊勢は、死ぬ前、電話で、細川が怪しいといってきた。

現場にあった空のワインボトルに毒物反応があり、細川が事件の前にワインボトルを一つひっくり返したのを見られているというし、雨木が飲んで死亡し、床におとしたグラスの破片からは、細川の指紋が出たという。

「細川さんは、警察に疑われていると思います。彼は犯人かもしれない。だから、彼とは別れた方がいい。別れられなければ、警察に弁解することを考えた方がいい」

と、忠告してくれた。

そのことを、細川に話したあと、伊勢さんは殺された。

〈まさか、細川さんが殺したのでは〉

明子は、不安になった。

「君は、僕を疑っているの？」

細川が、明子の顔をみつめた。

「いいえ。信じてます。でも、伊勢さんは、おせっかいで、私にまで細川さんがあやしいとか、言ってきたくらいだから、色々な人に電話をかけたりしたんじゃないかしら？」

「彼は、誰が犯人か知らないのに、みんなに犯人を知っていると電話をかけて反応をうかがっていた。その中に、本当の犯人がいて、彼は殺されたのかもしれない」

「伊勢さんのお通夜はいつですか？」

明子が重苦しい空気をふりはらうようにいった。

「えーと、あ、今夜だ。普通の死亡ではないので司法解剖やなんかあって、遺体の戻ったのが昨日で、友引のため、今日通夜だときいていたんです」

「私もおまいりしていいでしょうか？」

「えっ、明子さんが」

「お通夜だと、みんな出席されるでしょう？　大杉教授や夫人や娘さん二人、それに細川さん以外の助教授や、講師の人など、私、その中に犯人がいると思うんです。だから、会ってみたいんです。もちろん、細川さんは行くんでしょう？」

「ああ、行きます。この間、雨木くんのときも行きましたよ。薬学部長をしている彼のお父さんの悲嘆ぶりは、大変なものでした。一人息子だし、頭がよくて期待してたんでしょうね。麗子さんも涙を流して長いこと写真の前に座り込んでいましたよ。本当に愛してたんでしょうね」

「雨木さんて、あのときパーティに遅れて来たでしょう？　どうして遅れたのかしら？　教授も来ていらっしゃるのに、遅れるなんて失礼でしょう？」

明子は、前から思っていたことを口に出した。

「さあ、彼って他の人たちのように教授になりたいと思っていなかったから、平気で遅れて来たんじゃないかな。麗子さんとデートしてたのかと思ったけど、麗子さんは、早く来ていたし、違いますね」

その日、家まで送って来た彼は、別れるときに、そっと、明子の肩を抱いてキスをした。

「愛してる、結婚しよう」

彼は、ささやいた。

明子は、うれしくて、そのあとずっと夢心地だった。

通夜へ行く準備をしている間も、熱いキスのことを思い出して、上の空だった。

彼と会えたことで、失恋の痛みは、すっかり忘れることが出来た。

4

伊勢の通夜は、東山通りにある自宅で行われた。思ったより大きい一戸建ての家である。

近所の人の話では、伊勢家は、百年以上も、ここに住んでいる旧家なのだという。

黒白の幕でかこわれた玄関から入っていくと、和室座敷を二つあわせた会場についた。

むかって中央に、祭壇があり、遺族が、喪服で並び、焼香する人に頭をさげていた。

祭壇は、白い蘭や菊の花でおおわれ、中央に、伊勢静也の写真が飾られている。

明子が彼の顔を見たのは、パーティ以来で、写真で見ると、白ぶちの眼鏡をかけて、なかなか知的な男性にみえる。

遺族席には、彼の父母と妹、それに、親戚らしい数人の男女がいた。

妹というのは、まわりの人の会話で知ったのだが、二十歳くらいの色白の美人だった。

「百合さんも可哀そうに」

「静也さんが亡くなったら、百合さんに養子をとらないと……」

などという話がきこえて来た。

明子は、焼香をすませ、部屋の隅に行った。部屋は二十畳と十二畳の二部屋がふすまをとって一部屋になっているので広い。

見まわすと、大杉教授の姿が見えた。

黒いスーツを着て、黒いネクタイをした教授は、なかなか恰好がよかった。

ネクタイピンは、真珠で、腕には、最高級といわれるブランドの腕時計をしている。

染めているのだろうが、髪の毛も黒かった。

その横にいるのが、教授夫人なのだろう。

はじめてみる夫人を、明子はじっくりと観察した。

夫人は、黒いレースのスーツを着て、黒いケリーバッグを持っていた。ネックレスは、黒真珠で、指には大きな黒い南洋真珠の指輪をしていた。

葬儀とか、通夜には、アクセサリーは、真珠ときまっているが、黒真珠とは、おシャレだと明子は思った。

エステにでも行っているのか、年のわりに肌はつやつやしている。

教授も、機嫌をとるように、彼女に話しかけ、女帝という感じだった。

娘二人は、黒い喪服の群の中でも、きわだって美しかった。

〈あれが美子さんだわ〉

人の話では、麗子は美しく華やかだが、美子というのは、陰気であまり美人でないという風にきいていた。

しかし、彼女は、色が抜けるように白く、目が愁いをふくんで大きく、影のある美女だった。

折れそうに華奢《きゃしゃ》な軀《からだ》は、男に、守ってあげたいという男性本能をおこさせるのではないだろうか？

それに比べて、麗子は、華やかに、輝いて、王女のようにみえた。

彼女も、母親と同じように、黒いレースの服を着ていたが、胸が大きくラインを描き、腰がぎゅっと締まったその姿は、とても、喪服とは思えなかった。

彼女も、黒真珠をつけていたが、母親のように、多くの珠でつらなったネックレスでなく、金のチェーンに大きな黒真珠が一つついたペンダントだった。

彼女は、ネットのついた帽子をかぶっていたが、それが彼女を高貴な女性にみせていた。

〈在原業平の恋人の高子というのは、麗子さんのような女性だったのだろうか？〉

と、明子は思った。

教授たちのそばに、助教授の野田と、太田がいた。

彼らは、死んだ伊勢より、教授の方が大切とばかりに、機嫌をとっている。

明子が、ぼんやりとそちらを見ていると、声をかけられた。

加藤という妻子持ちの講師だった。

「伊勢が死んでしまいました。驚かれたでしょう?」

「ええ。どうしてかしら?　加藤さん知りませんか?」

「わかりませんね。しかし、犯人は、我々の身近にいることは確かです」

「えっ、本当?」

「しっ、声が高いです。あとで、話をしましょう」

彼はそういうと、明子のそばを離れた。

教授たちの方をみると、細川が教授と喋っていた。

その横に、美しい女性がいた。大学院生だという伊達麻里子だった。

教授夫人は、伊勢家の人たちと喋っていて、教授のそばにはいない。

麻里子は、手からメモ用紙のようなものを出すと、素早くそれを教授に渡し、夫人が戻ってくるまえに、さっと別の場所へ行ってしまった。

5

通夜が終りに近づいたとき、加藤が呼びに来た。車でお送りしますという。

明子は、彼に従った。細川は、教授を送っていくといっていたので、どうせ一緒には帰れない。

　車に乗ると、加藤は、事件のことを話し出した。

「あなたは、第三者的立場にいらっしゃるので話すことにしたんですが、雨木助手、伊勢講師と、二人の人間が死んだことで、どう思っていますか？」

「さあ……」

「どちらも、うちの大学の文学部の人間なので、動機も犯人も、その中にいると、普通思うんじゃないですか？」

「ええ。でも、その動機が、学問に関するものか、教授に昇進する争いのようなものなのか、その中で発生した男女関係なのかはわかりませんわ。私は、どの方もあまり知りませんから、データがないのです」

「なるほど。やっぱり、あなたは、頭のいい人だ」

　加藤は、しばらく運転を続けてからいった。

「私もわかりません。でも、内部にいるから、警察の知らないことを、一つは知っているんです」

「何ですか？」

「最近、京都の寺から仏像を盗み出しては売っていた窃盗《せっとう》団が、検挙されましてね。盗まれた仏像のその胎内仏の中から、古文書が出て来たんですよ。その古文書に、在原業平のことが書かれているものがあって、従来の学説と大分ちがうことがわかったんです」

「まあ。でも、本物なんですか？」

「それを、今、慎重に調べているところのようですが、それによると、『伊勢物語』は、在原業平のことではないとか、業平が高子妃にあてた歌で、今までになかったものとかが出て来たんだそうです。警察では、本物かどうかの鑑定を、大杉教授に依頼したんですが、それが盗まれてしまったというんです」

「まあ、誰がそんな……」

「我々京南大学のライバル大学の、京洛大学の石垣教授が、そういう学説を出していましたから、大杉教授が、盗まれたといって隠しているのではないかといわれたり、石垣教授の一派が盗んだのではないか等といわれています。いや、胎内仏に入れたのは、石垣教授の弟子ではないかともいわれているんです。細川さんが話しませんでしたか？」

「いえ。全然きいてません」

明子は、内心不満に思いながらいった。

そんなことがあれば言ってくれればいいのに、細川も冷たい人だと思った。

「そうですか。そんな折だったので、今回の殺人は、その古文書をめぐるものではないかと我々は思っているんですが、警察では知らないでしょうね」

加藤は、車を徐行させながらいった。

「でも、その古文書と、雨木さんや伊勢さんが殺されたこととは、どうつながるんですか？」

明子は、首をかしげた。

「大杉教授の弟子の中に、石垣教授のスパイがいる、といううわさがあるんです。石垣教授に、大杉教授のことが、つつ抜けになっていて、大杉教授があずかった古文書もなくなったことから、みんなが、疑心暗鬼に陥っていました」

「本当に、スパイの人がいるんですか？　信じられませんわ、学者の中にそんな人がいるなんて」

「中でも、一番疑われていたのが伊勢なんです」

「えっ、本当ですか？　それで、伊勢さんは殺されたのかしら？」

「かもしれませんね。雨木さんだけは、疑われていませんでした。あの人は、いい家庭に育っているので、教授になりたいと、策を弄《ろう》したりしないし、正義感のある人です。だから、彼がスパイをみつけたら、許さなかっただろうと思います。それで、殺されたのではないかと、我々は、話していました。もう一人、疑われていたのは、太田さんです」

「最初、美子さんとつき合っていたのに、麗子さんとつき合いだした人でしょう？」

「ええ、麗子さんにフラれてから、石垣教授の方へ行ったんじゃないでしょうか？　彼は一番、出世欲の強い人です。大杉教授が野田さんか細川さんを教授に推薦したら、当然、教授にはなれませんからね。その点、石垣さんとは、人脈があるので、京洛大学の教授になれるかもしれません。石垣教授と、太田さんは、親戚で、親同士も仲がいいんです。太田さんの父親は、石垣教授と同じ大学を出ていて、会社を経営していますが……」

「太田さんは、雨木さんが麗子さんとつき合っているのを見て、腹が立ったでしょうね」

明子は、熱っぽくいった。

「だから、雨木さんが死んだとき、最初は、僕は、犯人は、太田さんだと思ったんです。でも、今は、伊勢くんだったのかなと思いますが」

加藤は、車をとめていった。

6

「大杉さんは、誰を教授に推薦しようと思っているんでしょうか？　それによって、利害関係も変ってきますね？」

明子がきいた。

細川は、何も教えてくれない。その点、加藤は、何でもいってくれていい人だと思った。

「それが、我々にも、全くわからないんですよ。やっぱり、教授も人の子ですから、娘が誰と結婚するかで、変ってくるんだと思います。麗子さんが、雨木さんと愛し合って結婚したいといえば、喜んで承諾したでしょうね。雨木さんは助手ですが、優秀な人ですから、もうすぐ助教授になると思われていました。そのときは、助教授の一人は、他の大学に行くことになるでしょうね。京南大学よりは、少し格下の大学の教授に、推薦して行かせるんじゃないでしょうか？」

「ところが、雨木さんは死んでしまった。となると、野田さん、太田さん、細川さんの誰かを娘さんと結婚させたいと思うんでしょうね」

明子は、内心、不安を覚えながらいった。

「そうですねえ。麗子さんと美子さんが、三人のうちの二人と結婚することになったら、残る一人は、他の大学に行くかもしれませんね、太田さんの可能性が大きいですが」

明子が黙り込むと、加藤は、あわてていった。

「でも、細川さんは、教授のお嬢さんとは結婚しませんよ。明子さんが好きだと、堂々といってますから。しかし……」

「しかし、何ですか？」

「麗子さんというのは、人のものをとりたいというヘンな性格があるんですよ。太田さんのときも、美子さんとつき合っているのをみて、急に接近して奪ったんです。そして、奪ってしまうと、捨ててしまうんです。美子さんは、太田さんをあきらめて、雨木さんと親しくなったけれど、麗子さんは、今度は、雨木さんとつき合いはじめた。だから、気をつけないと、細川さんが、明子さんと愛し合っていると知ると、細川さんに接近してくるかもしれませんよ。奪うことによって、自分が美しいということを確認したいんですね。さあ、行きましょうか？」

彼は、車をスタートさせた。

家へ着くと、彼は、お茶でもという明子に、あっさりと頭をさげて帰ってしまった。

彼は、高校時代の同級生と結婚し、子供もいるので、幸せだといい、これ以上の出世は望まないといった。

「講師でずっといってもいいし、年がたって、将来助教授になれたら、運がいいと思います。好きな研究が出来て、なんとか生活が出来たら、僕は幸せだと思っています。大学は、薄給《はっきゅう》で、本があまり買えないのが、不満といえば不満ですが……」

彼は、にこやかにいった。

明子は、彼を信じられると思った。

部屋に入ってしばらくすると、電話がかかってきた。

出ると、細川だった。

「加藤くんに送ってもらったの？」

「ええ。車で送りましょうかといわれたので」

「僕は、教授と夫人を送って、お茶をご馳走になって、今、外へ出たところ」

「お嬢さんたちも一緒？」

「いや、麗子さんは、野田くんの車に乗って行ったけど、僕がいる間には、家に帰って来なかった」

「美子さんは？」

「美子さんは、太田くんが送ったんじゃないかな」

「加藤さんに、仏像の胎内仏の古文書の話をきいたわ。それがなくなったんですってね」

「ああ、いまだに出て来ないらしい」

「その話どうして私にして下さらなかったの？　今回の殺人事件と関係あるのかもしれないのに」

「君には、学内のドロドロした権力闘争や汚いところを見せたくないんだ。僕たちには関係ないことだし……」

「そうかしら？」

明子は、なんとなく不満だった。

しかし、細川は明子の気持に気づかず、明るくいった。

「今度の日曜日、どこかへ行かない？」

第五章　幻の伊勢物語絵巻

1

翌日、京都府警の狩矢警部が、明子のところへやって来た。

会社の休みの日だったので、起きるのも遅く、部屋が片付いてなかったが、とりあえず、部屋へ入れた。

彼は、部下の橋口警部補を連れて来ていた。

「すみません。休みでくつろいでいらっしゃるところへ押しかけて……」

狩矢は、恐縮しながら、明子のすすめるダイニングキッチンの椅子に腰掛けた。

彼は、明子がお茶をいれようとするのをとどめて、早速事件のことを話し出した。

「今回の事件なんですが、正直なところ捜査が難航しているんです。普通の事件と違って、今回のは京南大学の文学部という特殊な狭い世界の中でおこり、犯人も動機もその世界の中にあると思えるんです。あなたは、どう思いますか？」

狩矢は、じっと明子をみつめた。

「私もそう思いますわ」

明子がきっぱりというと、狩矢はすかさず突っ込んだ。

「随分、自信のある返事ですね。何か根拠があるんですか？」

「えっ、いえ、そんなことありませんけど……。でも、殺されたのが、二人とも、京南大学の文学部の先生でしょう？」

「しかし、普通は、男女関係のもつれとか、なにか個人的な恨みとか考えるんじゃないですか？」

「男女関係のもつれもあるかもしれませんけど、根本には、学説の違いとか、教授昇進争いなどがあると思います」

「細川助教授に、何かきいておられませんか？　我々は、文学のことはよくわからないのですが……」

「細川さんは、何も言ってくれません。でも……」

「でも、何ですか？」

「加藤という講師の方と、お通夜の席でお会いし、車で送ってもらったので、彼から少しききました」

「ほう、是非、その話を教えて下さい」

狩矢が、ひざを乗り出した。

「狩矢さんもご存じなんじゃないですか？　仏像の窃盗犯人が捕まって、その胎内仏から、在原業平についての古文書が出て来たという話ですが……」

「ああ、知ってます。でも、大分前のことでしょう？　その古文書は大杉教授が、鑑定を依頼されていたけど、紛失したということですね？」

「ええ。加藤さんは、伊勢さんが殺されたのは、その胎内仏の件が関係しているのではないかというんです」

「えっ、どういうことですか？　もう少し詳しく話して下さい」

「古文書には、在原業平のことが記されていて、それが本当なら、今までの学説とは違う。どこが違うのか、学問的なことは、私にはわかりませんけど……。今までの学説の代表者は、大杉先生ですが、大杉先生の説とは違い、むしろ、今まで、異説だといわれていた京洛大学の石垣先生の説に合致するのだそうです。それで、加藤さんたちは、大杉先生が、盗まれたと嘘をついて隠したのではないかとか、石垣先生が、誰かに盗み出させたものではないかとうわさし合っていたというんです」

「へえ。知りませんでしたね、それで……」

「大杉先生のところには、前々から石垣先生のスパイがいるということは、いわれていたんだそうです」

「スパイ？」

「ええ。大杉先生のことが、みんな石垣先生の方につつ抜けになっていたんだそうです。学者たちの会議があったときにわかったそうですが……」

「そのスパイというのは、誰なんですか？」

狩矢が、興味を持ったように目を輝やかせた。

「加藤さんは、それが伊勢さんだったのではなかったかといってました」

「何故、伊勢さんなんですか？」

「最初は、太田さんも疑われていたそうです。彼は、人一倍出世欲が強いし、太田さんのお父さんは、石垣教授と同じ大学を出ていて、親戚で仲がいいんだそうです。だから、京洛大学でなら、最終的には教授にもなれるかもしれない――ということで。でも、今は、伊勢さんだったのかもしれないといってました。伊勢さんは、大杉教授の家へも自由に出入りして、教授夫人とも親しく話していました。他の助教授や講師の人は、教授の家へ行くことを意識していたみたいで、あんまり出入りしてなかったようです。お嬢さんが目的なんだろうとか、昇進したいので、機嫌をとりに行っているのだろうと、みんなに思われたくなかったからでしょう。その点、伊勢さんは、平気で家に出入りし、小まめに、庭木の手入れや、大掃除まで手伝っていたといいます。あ、もう一人、みんなの目を気にせず、教授宅に出入りしていたのは、雨木さんですが……」

狩矢は、一心に明子の話にきき入っていた。

2

しばらく喋ったあと、明子は、紅茶を出してからいった。

「ねえ、狩矢さん、今度は、そちらでわかっていることを教えて下さいませんか？　私だって知ってること話したんですから」

明子がいうと、狩矢は、苦笑した。

「そうですねえ、別に隠していることはないんですが……」

「窃盗団が持っていた胎内仏の古文書って、どんなものだったんでしょうか？」

「それは、加藤さんや、細川さんの方が詳しいんじゃないですか？　細川さんからきかれたら私にも教えて下さい」

「それが、ダメなんです。加藤さんは知らないらしく、業平の恋人だった高子妃の、今まで見つからなかった歌が出てきたんじゃないかとか、色々推量してましたけど、本当に知らないようです。細川さんも、何も言ってくれないんです。知ってるのに言わないのか、本当に知らないのかわかりません」

明子は、狩矢の顔を真剣に見つめた。

「そうですか……。では、ちょっと待って下さい」

狩矢はそういうと、外へ出て行った。みていると少し離れたところにある彼の車のところに行って、車に乗り込んだ。

どこかに連絡しているらしい。

やがて戻ってきた彼は、出された紅茶を一くち飲んでからいった。

「今、きいたところ、胎内仏が入ってたのは、一体だけでなく、何体かあったようですね。その仏像は、今まで一般には公開されておらず、ずっと、寺の奥深く秘められていたものだそうです。在原業平の恋人だといわれる高子妃が、仏像を注文して寺におさめたのではないかといわれ、高子妃の内密の文書、つまり日記や歌のようなものが入っていたようだといわれています。それ以外に、鎌倉時代に作られた仏像があって、それには、『伊勢物語』の絵巻の一部が入っていたということです」

「絵巻ですか？」

「昔から、源氏物語絵巻とか、狭衣《さごろも》物語絵巻とかあるそうですね。僕は、専門家ではないので、よくわかりませんが……。十世紀の初頭に作られた、在原業平を主人公とする『伊勢物語』を、絵巻に描いて鑑賞するというこころみは、かなり進んでいたようですね。現在あるのは、鎌倉時代に作られた伊勢物語絵巻で、唯一今に残る品だそうです。それも全百二十五段の中の詞書《ことばがき》三段と、絵七段だけで、それ以外にはないのですが、その散逸《さんいつ》した一部が、胎内仏から発見されたというのです」

「まあ、大変な発見ですね。どうして、新聞に出なかったのかしら？　古蹟などが発見されると大々的に新聞に報じられるのに」

明子が、不思議そうにいった。

「本物かどうか鑑定してから発表するということだったんじゃないでしょうか？　古蹟などだったら、土地を掘って跡がわかれば、そのまま見せられますが、古文書や絵は、本物かニセ物かわかりませんからね」

明子は、うなずいた。

「そこまでわかれば、あとは、加藤さんか、細川さんにきいてみますわ。その結果は、狩矢さんに報告します」

「有難うございます。我々も、直接京南大学の先生方には、ききにくいのです。その中に、容疑者もいるし、容疑者以外の人も、京南大学の文学部の人間という立場だから、話しにくいと思うのです。それで、その方面の知識もあり、かつ、第三者的な立場にいらっしゃるあなたに、お話を伺いたいと思ったわけです」

明子は、うなずきながらも、

「でも私、在原業平についても、古文書などについても、専門家ではないし、あまりわかりませんわ。狩矢さんの方が、よくご存じで、私、絵巻物についても、今はじめて知ったくらいですの」

と、いった。

「でも、あなたほど適任な人はいません。第一、雨木さんが死亡したパーティ会場にいたでしょう？　それから、京南大学の助教授の細川さんの関係者でいらっしゃる――もっと簡単にいうと恋人です。それに、推理力がある……」

「あら、そうですか？　確かに、私、犯人が誰か、何が目的なのか知りたいのです。ですから、狩矢さんに協力しますわ。狩矢さんも、わかったことがあったら、教えて下さいね。本当のところ、私が知りたいのは、一つだけなんですけど……」

「わかってますよ」

「えっ」

「細川さんが犯人かどうかということでしょう？」

「ええ、狩矢さんはどう思っていらっしゃるんですか？　彼は、犯人なんですか？」

明子は、真剣なまなざしで、狩矢をみつめた。

「わかりません、本当です。わかっていたらあなたに言いますよ。あなたの身が心配だから。……では、こんど」

狩矢たちはそういうと、帰っていった。

3

数日後、明子は、北野天満宮の境内を、細川と歩いていた。

天満宮には、紅白の梅が満開で、観光客も多かった。

「梅で有名なだけあって、梅がきれいですね」

明子がいうと、彼は、梅の種類や説明をしたあと、紅梅を背にして、明子の写真を写してくれた。

「梅というと、『伊勢物語』の第四段の絵巻にも、梅が描いてありましたわね」

「えっ、『伊勢物語』の絵巻を見たの？」

細川が、ちょっとびっくりしたようにいった。

「ええ。実は、狩矢警部さんが、たずねて来て、伊勢物語絵巻のことが話に出たの。それで、早速会社の帰りに買って来て見たんです。大きな本で重たかったですわ」

「狩矢さんが、どんな話を？」

「ある窃盗団が捕まって、彼等が盗んでいた仏像の胎内仏から、在原業平に関する古文書や、伊勢物語絵巻の未発見の絵がみつかったって」

「ああ、そのことなら知っている」

彼は、小さい声でいった。

「知っていたのなら教えて下さればよかったのに」

明子は、少し恨みがましくいった。

「でも、その話題が出なかったからしなかったんですよ。文学部の同僚と話してたら、そういう話も出るかもしれないけど、明子さんと会っていると、楽しいことしか話したくない」

「でも、狩矢警部さんは、その絵巻のことが、今回の雨木さんや伊勢さんの殺人に、関係があるんじゃないかといってたわ」

「ほう、どうして？」

明子は、理由を説明した。

「なるほどね。でも、大杉教授が、鑑定を頼まれたその古文書などを、盗まれたというのは知らなかったなあ。誰が盗んだのかな？」

「大杉先生の研究室には、京洛大学の石垣教授のスパイがいたということですけど、誰だったのかしら？」

「えっ、スパイ？　そんなことをきいたことないね、誰が言っていたの？」

「加藤さんが帰りの車の中でいってたわ」

「スパイがいたとしたら、太田かな？」

「やっぱり、そうかしら？　彼は、石垣先生の家と親戚で、お父さんも、石垣教授と同じ大学を出ていて仲がいいということですね？」

「それも、加藤がいったの？　彼は、お喋りだな」

細川は、ちょっと不快な顔をした。

「太田が犯人だったら、話の辻つまがあうんだけどね。彼は、美子さんとつき合っていて、麗子さんに誘惑されて、彼女にのりかえた。そしてフラれた。そのあと、麗子さんは雨木くんとつき合うようになったから、雨木くんには、恨みを持っているだろうね。彼は、その時点で、うちの大学で教授になるのをあきらめて、石垣さんの大学へ行くことをきめたのかもしれない。それを伊勢くんが知ったのかもしれないね。伊勢は、教授の家へよく出入りしていて、情報通だったから、色々な人の秘密を知っていたらしいからね」

細川は、ぼんやりと梅を見ながらいった。

「伊勢物語絵巻がのっていた同じ本に、狭衣物語絵巻や源氏物語絵巻ものっていたんですけど、源氏物語絵巻などは、人物もたくさん描いてあって華やかなのに、伊勢物語絵巻は、人物は、一人か二人しか描いてなくて地味だと思いましたわ」

明子がいうと、細川は、専門のことになったので、ほっとしたらしく喋りはじめた。

「『源氏物語』は、『伊勢物語』の百年後、『狭衣物語』は、さらにその五十年後に作られているから、『伊勢物語』を参考にして、華やかになっていったんじゃないかな」

「それにしても、伊勢物語絵巻の、今は、欠落してしまった部分が見つかったというのは大発見ですね、本当かしら？」

「さあ、わからないけど、あったのなら見たいなあ。僕たちは、全然、見せてもらってないからね」

「大杉教授は、何もかも知っていらっしゃるわけでしょう？　警察も、大杉教授にきけばいいのに」

「きかれても言わないだろうね。多分、古文書だって、大杉教授の説とは、違うものだと思うな。もし、同じものだったら、教授が我々にも話していると思うけど」

細川は、大杉教授がそばにいるように、声をひそめていった。

4

二人は、天満宮を出て、車で山科《やましな》にむかった。

山科には、安祥寺《あんしょうじ》と十禅寺《じゅうぜんじ》があり、いずれも、在原業平のゆかりの場所だという。

両方とも、東海道線の山科駅の近くだった。

「安祥寺は、『伊勢物語』の七十七段で、文徳天皇の女御多賀幾子《たかきこ》の葬儀が、この寺で行われたときのことが書かれているんですよ。七十八段では、四十九日の法要がその寺で行われ、その帰りに、藤原常行《つねゆき》のお供で、人康《さねやす》親王の宮に寄って、その庭のおもむきに感銘した。それで紀伊国千里の浜の石も献上し、その石に業平が歌を添えた、というように書かれています。十禅寺にはこの人康親王のお墓があるんですよ」

細川は、車の中で説明してくれた。

明子は、そういうことより、もう少し、絵巻物の話をしたかったが、それは、あせらずお寺の庭を歩きながらにしようと思った。

行ってみると、二つのお寺とも拝観禁止ということだったが、安祥寺の方は、細川が名刺を出して掛け合ってくれたので、さっと見ることが出来た。

十禅寺の方は、どうしてもダメだと断られた。

お寺の人がついて来て、その上なんとなくあわただしい感じで、事件のことなど話せない雰囲気だったが、明子は、強引に、絵巻物のことに話をもどした。

「胎内仏で出て来た絵巻物ですけど、ニセ物ということはないのかしら？」

「ニセ物？」

細川が立ち止った。

「鎌倉時代の絵だというけど、現在生きている誰かが、今ある絵を参考にして、欠落した段の絵を描いて胎内仏として入れたということはないのかしら？」

「どういう目的で？」

「さあ、高く売れると思ったのかもしれないし、大杉教授の説をひっくり返すために、描かれたのかもしれないわ」

「絵巻物で、大杉学説をひっくり返すことは出来ないと思うけど、古文書もニセ物で、それにあわせて本物にみえるように描かれたということはあるかもしれないね」

「『伊勢物語』の絵巻って、簡単ですわ。ぼうようとした広い庭に、屋敷の入口か何かあって、一人の女性か男性がいる。男の人が、外にいる場合もあるけど、そんな絵でしょう？　私だって、想像して描けるような気がするわ。フフ」

明子は、わざと明るくいった。

しかし、細川は、真面目な顔でいった。

「あの絵は、大和絵の形式に属するもので、登場人物の顔面描写などは、『引目鉤鼻《ひきめかぎばな》』の手法によります。また、詞書は、金銀泥《きんぎんでい》の装飾下絵を描く料紙《りょうし》に十三世紀末期のころの書風で書けばいいわけですからね」

「『引目鉤鼻』って面白いですね。今は、どんな名画も、ニセ物がそっくりに作れるときいてますわ。コンピューターもあるし、絵巻のニセ物を作ることは簡単ですわ。あとは、紙などに、時代をつけるんでしょう？」

「時代をつけるのは、骨董《こっとう》品などでもよく行われている手法です。僕たちも、古文書をよく見ていますが、まどわされることが多いんです」

庭の出口が見えて来たので、細川は、そこで、話をやめてしまった。

寺を出ると、二人は、細川の車に乗り込んだ。

「ねえ、京南大学の文学部は、これからどうなるんでしょうか？」

「大杉教授は、学長選挙に目がいっていて、今、票あつめの根まわしに一生懸命になっています。だから、自分の部下とか関係者のところで、殺人事件がおこったりしたら、マイナスになるから、この事件の犯人ではないと思っていました。しかし、殺されたあの二人が、何かを握っていて、それが、選挙の弱点になるとなったら、消す決心をするかもしれませんね」

細川にしては、大胆な発言だった。

「学長選に出る前には、後任の教授をきめておくのが、うちの大学では常識ですから、もう少したったら、それがきまるでしょうね。野田、太田、僕のうちから一人が教授になることに」

「誰がなるのかしら？」

「多分、野田くんだろうね。太田くんは、お嬢さん二人とつき合ったりして、信用を失っているし、僕は、明子さんと結婚したいとみんなに言ってるから、教授の耳にも入っていると思う。やっぱり、教授は、娘と結婚して、後つぎになってくれる男を、教授にしたいだろうしね」

「じゃあ、私、細川さんの出世のさまたげになるのね」

「いや、僕は、そんなにしてまで出世したいと思ってないし、美子さんも麗子さんも好みじゃないから。別に、今回、教授になれなくても、他の大学に移ってもいいし、うちの大学でも、何年かたったら、教授になるチャンスはあるんですよ。将来教授の数がふえるという話もあるし……」

彼は、自分にいいきかせるようにいった。

5

「野田さんが教授になったとしたら、助教授の席が一つあくんですか？」

明子がきいた。少ししつこいと思ったが、事件の謎を解くために、どうしても、彼に色々きいておきたかった。

「意外に、加藤くんあたりが、助教授に昇進するかもしれないね」

「えっ、加藤さんが？」

「彼は、妻子持ちで、最初から、お嬢さんを狙ったり、ふわふわしてなくて、腰を落着けて勉強してたからね。面白くもおかしくもない性格だけど、研究の評価は高いよ」

「木内隆夫という人は？」

「木内？　さあ、どうかな。彼は目立たないし、万年講師なんじゃないかな」

彼は、そういうと、アクセルを踏んでスピードを出した。

万年講師という言葉が、人をバカにしているような感じで、明子は、ちょっとイヤだった。

〈細川さんには、色々な性格があるわ。やさしくて、上品で、博学で、知的なところもあるけど、知っていることを私にも教えてくれなかったり、ちょっと冷たいところもある〉

車の中で、明子は考えた。

翌日、会社の帰りに、同僚の女の子と、喫茶店でココアを飲んでいると、加藤と木内が入ってきた。

「あらっ、あの人、京南大学の講師さんよ」

明子がいうと、むこうも気がついて近づいて来た。

「やあ、偶然ですね。ここへ掛けていいですか？」

加藤が、軽快にいう。

「ええ。どうぞ」

加藤たちは、明子たちが、ココアを飲んでいるのをみると、同じものを注文した。

明子は、一緒にいる南ユリ子に、二人を紹介した。

〈丁度よかったわ〉

と、明子は思った。ユリ子は、結婚したいので、誰か男性を紹介して欲しいといっていたのだ。

四人は、仲良くココアを飲んで、喫茶店を出た。

ユリ子は、独身で京南大学の講師だと紹介された木内が気に入ったようだし、木内の方もまんざらではない様子なので、明子は気をきかせて、二人ずつに別れた。

その二人を見送っていると、加藤が、明子にいった。

「僕たちも、どこかで食事しましょうか？　今日家内は、子供を連れて、里へ行っているので、外食しようと思ってたんです」

加藤の妻の父親が、入院したので、見舞いに行ったのだという。

「丁度よかったわ。実は、事件のことでお話したいんです」

明子は、加藤のよく行く店だという東山通りのスウェーデン料理の店へ行った。スウェーデン料理といっても、日本人むきに作られ、料金も安いらしい。それ位なら、おごってもらってもいいだろう。

席について、加藤がオーダーしたあと、二人は事件のことを話しはじめた。

まず、明子が、狩矢警部からきいた絵巻物のこと、昨日、細川にきいたが、それについて、あまり話をしてくれなかったことをいった。

加藤は、胎内仏から絵巻物が発見されたときくと、目を輝やかせた。

細川が、彼と同じように、率直な反応を示してくれたら、どんなにうれしかっただろうと、明子は思った。

「そうかァ。『伊勢物語』の絵巻物の一部が、胎内仏から発見されたんですか。是非見たいな。何段なんだろう？」

「さあ、それはわかりません。その絵は、今、どこにあるのかしら？　大杉教授のところかしら？　それとも、盗まれたというのは本当で、その犯人のところにあるのかしら？」

「胎内仏で見つかったのは、一つだけでなく、古文書とか、絵巻物の一部とか、いくつかあったんですね。僕たちは見せてもらってないけど……。でも、細川さんも見てないんですか？」

「ええ。そういってたわ」

「おかしいな。僕たちは講師だから、見せてもらわなかったとしても、おかしくはないけど、細川さんもみせてもらってないとは考えられないですね。教授は、大抵のことは自分でしないで、助教授三人に任せたり、相談してましたからね」

加藤は、首をかしげた。

「最近はスパイがいると思って、何も話さないことにしていたのでは？」

明子がいうと、加藤は、首をかしげた。

6

翌日の退社後、明子は、狩矢警部と会っていた。

明子は、絵巻のことを、細川と加藤に話したことをいい、その反応も、正直に話した。

「絵巻物のこと、喋ったらいけなかったでしょうか？」

「いいえ、かまいません。しかし、細川さんも、加藤さんも、それを見てないというんですか？」

「ええ。加藤さんの話では、教授は、論文のことでも何でも、自分一人ではせずに、三人の助教授に任せたり、話をしていたというんですけど、最近は、スパイがいると知って、何も話さなかったのではないかって……」

「そうですか……」

狩矢は、しばらく考えていたが、改まっていった。

「今回出て来たという伊勢物語絵巻について、少しきいて来ました。伊勢物語絵巻といっても、現存するものだけでなく、物語が作られてからあと、何種類も作られているんだそうですね、書写本とか……。しかし全部なくなって、現存しているものだけになっているんだそうです」

「原三渓という人が持っていたもので、和泉市久保惣《くぼそう》記念美術館に収蔵されているそうですね。それも、全部ではなく、一段、四段、五段というように、七段だけしかないんですね。それ以外には宮内庁御物に三段の詞書部分が残っているだけだそうです。全部では、百二十五段もあるのに」

「そうです。今回出て来たのは、現存するものとは別の種類の絵巻かもしれないと思ってたんですが、きいてみると現存する絵巻と同じで、その一部だとわかったそうです。ニセ物でなければね」

「それで、何段なんですか？　今回出て来たのは」

明子が、もどかしそうにきいた。

「それが何段かというのは、まだ、わからないということでした。第一段かもしれない。一段の絵は、現在、端の方だけしかないでしょう？　詞書の方はありますが。今回の絵も、一枚全部あるわけでなく、反対側の半分ではないかと推測されるんです」

「一段の絵ですか……」

明子が考え込むと、狩矢がどうしたのかときいた。

「あの一段の絵だといわれているのは、実は、一段の絵でなくて、二十二段の絵ではないかという説が有力になっているんだそうです。だから、一段の絵といっても、二十二段かもしれないから、よけいむつかしくなってきますわ。大体、どの絵も、女か男か、男女二人が描いてあるのが多いから、どこの絵であってもおかしくないんです」

「それは、細川さんが教えて下さったんですか？」

「いいえ、私が本で調べたんです」

「ほう、えらいですね」

「えらいことはありませんけど、実際に殺人事件がおこっているし、細川さんも疑われているので、なんとか犯人を突きとめたいのです。そのためには、最低の知識がないといけないと思って」

「やっぱり、えらいですよ。我々も勉強しないといけませんな」

狩矢は、苦笑した。

「業平の恋人だったという高子妃についてもちょっと調べてみたんです。彼女は、有子、淑子、高子という三人姉妹の一番下なんですが、母親は姉二人とは違うんです」

「ほう。高子妃を麗子さんとしたら、美子さんが、有子、淑子さんにあたるわけですね？」

「そうなんです。その三人のうち、高子さんは、清和天皇の妃になり、姉二人も、それぞれの地位について幸せに暮らしたみたいですが、妹の高子妃が一番美人で、華やかで、出世したようなので、私も、大杉教授のお嬢さんを、ちらっと想像したんです」

「すると、さしずめ在原業平にあたる人は誰なんでしょう？」

「さあ、大学には業平ほど、女性関係が派手で、美男という人もいないし……。雨木さんが生きていたら、彼かもしれないけど」

「強いていえば、年がいっていますが、大杉教授が、在原業平にあたるのかもしれませんね。家もいいし、知的でハンサムで、女性関係も多いらしいし」

狩矢が、笑いながらいった。

「あっ、本当だわ。狩矢さん、大杉教授の女性関係を調べたんですか？」

「調べました。事件と関係あるかどうかわかりませんが、ちょっとびっくりしました。予想はしてたんですが、思ったより華やかでしたよ」

狩矢はそういうと、煙草を出して火をつけた。

第六章　疑心暗鬼

1

明子は、家に帰って、狩矢警部からきいたことをメモ用紙に書き込んだ。
まず、大杉教授の女性関係である。

伊達麻里子——大学院生
小れん——祇園の芸妓《げいこ》
理沙子——クラブホステス
林絵美——十年ぐらい続いている愛人

明子は、書き終った四人の名前をじっとみつめた。
伊達麻里子には、新年のパーティで会っている。美人で若く、一番新しい愛人といえる。

麻里子は、大学に入ってから、何人かの学生とつき合っていたそうだが、大学を卒業する年からは、助教授や教授に近づいてくるようになったという。

大杉教授は、ゼミの担当教授でもあった。

彼女は、美しいだけでなく、理知的で、計算高いような感じだった。それで、最初は、論文の点数を甘くしてもらおうとか、就職のことを考えて、大学の中で力を持っている男性に近づいたのだと思える。

しかし、教授に気に入られて、深い仲になると、計算でなく彼を愛する気持になっていたのだろう。

明子は、新年のパーティに出ていた麻里子の大杉にむけている視線をみて、本当に、教授を愛しているのだと感じた。

〈でも、もし、彼女が犯人だったら、動機は何だろう?〉

明子は、考えた。

一見、彼女は、雨木助手や伊勢講師とは、関係がないようにみえる。

しかし、強いて動機を探すとしたら、それは、大杉教授の娘麗子に対する対抗意識かもしれない。

同じくらいの年齢で、同じように美しいと、ライバル意識がおこるのは、当然だろう。

美しさでいうと、麻里子の方が整った顔をしていたが、華やかさというと、麗子の方が、ずっと派手で華やかだった。

麻里子は、少し堅い感じだが、麗子の方は、堅さがなく、その生活環境のせいか、いきいきとして自由奔放に華やかさをふりまいていた。

彼女には、花にむらがる蝶や蜂のように次々と男性が吸いよせられ、彼女にもてあそばれるのを、麻里子は、見て羨《うらや》ましく思っていたのに違いない。

麻里子の方は、学生でもあり、近寄りがたい雰囲気があって、意外に、男性が寄って来ないようだった。

それでも、彼女なりに、大学の学生や教師たちとつき合っていたが、最終的に、教授を愛したとき、不倫の苦さを味わったのに違いない。

麗子の方は、相手が独身ばかりで、結婚しようと思えば、いつでも出来たし、祝福もされる。

それに比べて、麻里子の愛は、表沙汰には出来ないし、結婚も出来ない。

教授には、離婚して、麻里子と結婚してくれる気配はないし、女性関係も、麻里子だけでなく、他の女性が何人もいる。

自然に、ストレスがたまり、その捌《は》け口を、幸せ一杯の麗子にむけた。

そして、彼女の愛していた雨木を殺したのかもしれない。このことを、伊勢に知られ、彼をも殺さないとならなくなったのではないか。

どっちにしても、麻里子と麗子の二人は、仲が悪かったと思われる。

麗子が、父の愛人の麻里子に、いい感情を持っていたとは思えない。

自分の母親という本妻がいるのに、父とつき合っている麻里子は、憎かったのではないか。

その点でいえば、教授夫人にも、麻里子に対する動機がある。しかし、殺されたのは、麻里子でなくて、雨木だ。

明子は、メモ用紙から、目をあげた。

どうも、雨木殺しの犯人は、麻里子ではないようだ。

次に、教授の愛人の小れんについて、狩矢警部からきいたことを思い出した。

彼女は、祇園の芸妓で、教授が仕事で、お茶屋に行ったとき知り合い、愛人になったらしい。もう五、六年の仲だという。

しかし、舞妓を水揚げして旦那になるというと、何千万円ものお金がいるし、その芸妓が、都をどりなどに出ると、券を買ったり、いい役がつくように根まわししたり、着物も買わないといけない。

そういうのは、お金のある会社社長や、商売をしている旧家の主人でないと出来ないし、うわさにもなる。京都で仕事をしている会社社長などなら、祇園の芸妓の旦那というと、一種のステータスになるが、大学の教授では、マイナスになる。

だから、旦那ではなく、小れんの水揚げも、ある会社の社長がしたという。

でも、毎月、ある程度の小遣いを渡したり、着物やアクセサリーを買ってやり、時には、旅行に一緒に行ったりしている仲だという。

2

　ホステスの理沙子とは、やはり、学会などのあとに行くクラブで知り合い、二年ほどになる関係だときいた。

「最初知り合った頃は、相当に熱い仲だったみたいですが、今は、月に一、二回会うというくらいの関係じゃないでしょうか。小れんさんと同じように、毎月、色々なものを買ってあげたり、旅行につれていったりしているような関係でしょう。彼女は、東山区に自分のマンションを持ち、今もホステスをしていますが、マンションは、彼女自身がローンを払っています。頭金ぐらいは、教授が払ったのでしょうが、ローンは、本当に自分で払っているんじゃないでしょうか。彼女は、店では、ナンバーワンのホステスで、交友関係も広く、収入も多いですから、教授一人が愛人ということはないんでしょう。それでもつき合っているのは、やはり、お互いに好きなんでしょうね」

　狩矢は、苦笑した。

「わからないのは、林絵美という女性なんですよね。あなたに女性関係のことをお話したのも、なにかで、その女性のことをおききになったら教えてもらいたいと思ったからです。林絵美という女性は、教授が、生涯で、一番愛した女性といわれていますが、素性《すじょう》がよくわからないのです。過去の女性というわけでもなく、今もつき合っているといううわさがあります。この女性との間には、子供が出来たとか、中絶したといわれていますが、今彼女は子供と一緒に暮らしている様子はありません。教授の愛人は、今回の雨木さんや伊勢さんの死に関係ないと思いますが、事件に関係ありそうな人物、一人一人についてわかっていることは、知っておいた方がいいと思って申しあげたのです」

と、狩矢は言っていた。

〈しかし、今回の殺人に、教授の愛人たちは、全く関係ないのだろうか？〉

明子は、考え込んだ。

今回の事件について、狩矢警部と、明子の意見は、大体一致していた。

まず、殺されたのが、大杉教授の娘の麗子が愛していた雨木であることから、文学部の中で、犯人の昇進も含んだ、麗子と雨木を結婚させないようにする殺人だというのが一番明確な動機である。

それに逮捕された窃盗犯が持っていた仏像の胎内仏に、在原業平に関する古文書があったことがからんでいる。

その古文書がニセ物か本物かの鑑定は、大杉教授に任されていたが、教授はそれを盗まれたといっている。

本当に盗まれたのか、教授が自分の学説に不利な古文書なので、盗まれたとウソをいっているのかわからない。

盗まれたとしたら、文学部の学者の中に犯人がいて、それは、大杉と学説のちがう京洛大学の石垣教授のスパイだというのだ。

そのスパイは誰なのか？

伊勢が、そのスパイで、そのため殺されたとも考えられるが、別の人物かもしれない。

伊勢が殺されたのは、単に、雨木を殺した犯人を知ってしまったからで、スパイだからではないのかもしれない。

本当の犯人は、生きていて、じっと息をひそめて、みんなの動きをうかがっているのかもしれない——と考えると、明子は、怖くなって来た。

細川が、もっと、心を開いて話してくれればいいのだが、彼は、何も話してくれない。

明子は、彼自身が犯人ではないかと、心を痛めている。

今の状態では、誰が犯人でもおかしくないのだ。

色々情報をくれる加藤だって犯人かもしれないのだ。

それに、太田助教授も怪しい。彼なら、動機が一番はっきりしている。

彼は、大杉教授の娘美子を捨てて、麗子とつき合い、捨てられている。

自分を捨てた麗子が愛している雨木が憎いので殺し、それを知った伊勢も殺したとすれば、一番わかりやすい。

教授は、娘と結婚する相手を次の教授にしたいと思っているだろうから、教授になりたい野田助教授や細川が、雨木を殺してもおかしくない。

また、上のものが一人へれば、確実に、一歩昇進して助教授になれるのだから、講師の誰かが犯人でもおかしくはないのだ。

明子は、メモを前においたまま、悩んだ。

でも、本心は、誰が犯人でもいい。細川さえ犯人でなければ――と思っていた。

3

数日間細川から連絡がなかった。

忙しいのだろうと、善意に解釈しようとしたが、やっぱり淋しかった。

明子の方から電話をかければいいのだが、彼の母親が帰国していて、必ずといっていい程、母親が電話口に出る。

取り次ぎをたのむのは、気をつかうものだ。

母親は、愛想よく話すがどんな娘かと探っているような気がして、そうたびたびはかけられない。

彼に、携帯電話を持たないかとすすめてみたが、家にも大学にも電話はあるし、持ちつけないのでどこかで忘れてきそうだといわれると、それ以上いえなかった。

〈今は、恋人がいる人は、大抵、携帯電話を持っているのに……。彼って遅れているわ〉と思ったが、そういう世間慣れしていないところが、学者らしくていいのかもしれないと、思いなおした。

その細川から、電話がかかったのは、五日目だった。

彼は、電話をかけなかった言いわけもせず、すぐに用件をいった。

「教授から、招待されたんですよ、次の日曜日に。行けるね？」

「えっ、私もですか。はい」

「毎年、教授が文学部のものを呼んで下さるんだけど、今年は、新春に事件があったからおそくなったんです。これに呼ばれないと、もうダメなんだ。今年は、教授が、わざわざ君まで連れてくるようにって。よかった」

彼は、一人で喜んでいる。

やっぱり、教授の機嫌がいいとうれしいのだろう。

彼にとってはうれしいことかもしれないが、明子は、あまりうれしくなかった。

新年のパーティのときも同じだったが、同窓会とか、会社のパーティなら、みんな仲間なので楽しいが、明子だけが、部外者なのである。緊張するし、共通の話題もないからつまらない。

細川は、そういう立場の明子のことをわかっているのだろうか。

「ねえ、どうしたの？　都合が悪いの？」

やっと、細川も気がついたらしい。

「いえ。そんなことないけど、私だけ部外者なので、パーティに行っても、話す人もないし、つまらないわ」

明子は、思い切っていってみた。

「つまらないといったって……。教授のパーティなんだから、面白いから出るっていうものじゃないでしょう？」

彼は、不思議そうにいう。

〈やっぱり、彼はわかってないわ〉

ここで、気まずくなってはいけないと思い、明子はあわてていった。

「いいわ。とにかく行きます。服装はどんなのがいいかしら？」

「お正月じゃないから、振袖《ふりそで》とかそんなものじゃなくて、洋服で、ちょっと豪華なドレスがいいなあ。僕は男だから、服のことなんかよくわからないけど。パーティのはじまる前は、女の人は、料理を手伝わないといけないし、エプロンがいると思うけど……」

「えっ、お料理を手伝うんですかァ？　私、自信がないわ、どうしましょう」

「大丈夫だよ。料理は、お店からとれるものはとるし、お手伝いの人が二人いて細々したものは作ってるから。テーブルに運んだり、冷蔵庫から出して、大皿に盛ったりするだけだと思うよ」

細川が、いそいで言った。明子が行かないといったら、教授に面目がなくなると思ったのだろう。

「それでは、なんとかがんばります」

というと、彼は、ほっとしたようだった。

電話を切ってから、しばらく、明子は、その場に座り込んでいた。

複雑な気持だった。

〈彼と結婚したら、ずっとこういう生活になるのだろうか？　正式に結婚すれば、部外者ではないけど……〉

早速、翌日から、着ていく服を研究した。

清潔で、可愛いエプロンもいる。

結局、ドレスを一着買うことになった。

胸のアキが少し大きいのが気になったが、黒地で、裾《すそ》に白とピンクのバラの花の大きな模様のあるドレスで、十万円もした。

ＯＬの明子にとっては、大きな出費である。

〈彼が、一緒に買物につき合ってくれて、もし買ってくれたら、どんなにうれしいか……〉

と、思った。

エプロンも、胸あてのついた白い布に、刺繍《ししゅう》のしてあるのにきめた。

当日は、長い髪を少し横にハネ上げ、つやを出してセットした。

化粧も念入りにして、一番好きな赤いルビーのアクセサリーをして出かけた。

出るとき、鏡を見たが、我ながらきれいだと思えた。

4

教授の家は、百坪ほどの敷地に建てられた、白い洋風の家だった。

しかし、まわりを古い土塀がかこみ、庭は、日本庭園風になっていることから、多分、前からの和風の家を建てかえたのだろうと、明子は思った。

門はあいていたので中へ入ると、右手に池があって、鯉がたくさん泳いでいた。

左手は、花壇になっている。

門内は、石が敷かれているので、それを踏んで玄関までいった。

インターホンを鳴らすと、応答があり、若い女性が出て来た。

明子が名前をいうと、その女性は、にっこりして、

「私、美子です。どうぞお入りになって」

と、いった。

美子と直接話すのは、はじめてだった。

やさしい言い方に、明子は、ほっとして中へ入った。

パーティのある大広間に通されると、そこに、何人かの男女がいた。

美子は、教授夫人のところへ明子を連れていって、紹介した。

「早川明子さんよ。細川さんの婚約者の」

「あら、そう。大杉がお世話になっています。今日はよく来て下さったわね。さあ、座って、コーヒーでも召し上がって」

教授夫人は、機嫌よくいった。

細川の婚約者なので、夫の教授が手をつけることもないと思い、安心しているのだろう。

明子は、あらかじめ考えておいた挨拶をし、持って来た和菓子の折と、果物を出した。

「有難う。早速、今日の会で、みんなでいただきましょう。美子さん、受け取って」

夫人は、慣れた様子でいった。

夫人は、和服姿だった。何という布地か知らないが、上品で、高価そうな着物だった。

「わァ、すてきなお着物」

明子が賞めて眺めていると、夫人は、一層機嫌よくなった。

優雅で、整った顔をしていると、明子は思った。着物も大げさでなく、身によくついている。

そこへ、麗子がやって来た。

「よく来て下さったわね。コーヒーと、紅茶とココアとどれがいい？　今なら、どれでも出来るわ」

「では……ココアを」

明子は、みんながココアを飲んでいるのを確かめてからいった。

その様子を、夫人が満足そうにみていた。

明子が、ココアを飲み終ると、女性は、エプロンをつけ、キッチンへ行った。

キッチンといっても、広間に続く洋風の部屋で、本当の台所は、別のところにあった。

その台所から、色々なものを運ぶのが仕事だった。

ほとんどは、大皿に盛ってある。

その大皿も、赤絵とか李朝とかみんな由緒正しいものだということで、割らないようにと思うと、緊張してしまった。

にぎりや巻きの寿司、オードブルが三種類、中華料理が十種類ほどあって、天ぷらやうなぎ、小エビのカクテルなど、ごっちゃまぜだが、豪華で量は多かった。

「ごちゃごちゃしてるでしょう？　でも、ずっと長い時間みんな飲んでいるから、こういうのがいいのよ。あとは、茶碗むしとか、汁物、湯豆腐など、会がはじまってから出すの」

美子が、笑いながらいった。

陰気な女性だときいていたが、意外に明るい。

カクテルグラスやビールやワインのグラス、それに湯呑み、小皿、果物の皿などを運ぶと、広いキッチンのいくつかのテーブルは、一杯になった。

それを、今度は、大広間に持って行く。

手伝っているのは、二人のお手伝いさんと、麗子と美子、明子、それに、麻里子と、学生らしい女性が二人と、加藤講師の妻らしい女性だった。

ビールやワインは、会がはじまってから、冷蔵庫から出して運ぶのだという。

加藤講師の妻だというアサという女性は、可哀そうなほど、低姿勢だった。

彼女が、ビールや料理など、一番多く運んだようにみえた。

麗子は、みんなに明るく話し、指揮するが、あまり働かない。

しかし、彼女の指揮は、要領がよく、なかなか能率的に仕事がはかどった。

服装は花柄のワンピースにエプロンで、彼女にしては豪華でない、と思っていたら、会のはじまる前に、ちゃんと華やかなドレスに着がえていた。

化粧もなおしたらしく、フランス人形のような仕上がりだった。

美子の方はもとのままで、着がえては来なかった。

「何か運びましょうか」

と、やって来たのは、広間にいた男性で、太田と講師の木内だった。

明子は、心の中で、今日は、太田に近づいてみようと決心した。

太田なら、色々なことを知っているに違いない。細川が何も教えてくれないので、太田から情報を得ようと思った。

5

いよいよ会がはじまった。

最初に、教授の挨拶があり、乾杯の音頭を、教授夫人がとり、食事がはじまった。

新春のパーティは、立食だったが、今日は椅子に座っての食事である。服装も、新春のパーティでは、明子も振袖で、他の女性も、豪華なドレスだった。男性もブラックスーツとか、改まったものだったが、今日は、自由なものを着ている。

着物姿は、教授夫人だけで、あとの女性は、ワンピースやスーツ、男性たちは、セーターや、背広が多かった。

細川は、カシミヤのセーターを着ている。前に見たことがあるので、今回、特別に買ったものではないようだ。

席は自由だったが、それぞれに、分をわきまえて座っている。

明子は、一番端に座ったが、むかいの端は、加藤夫人だった。

長いテーブルの中央には、教授と夫人が座っている。

立食形式だと、自由に歩きまわれるが、こういう風に席がきまっていると、食事中は、じっとしていないといけない。

明子は、太田がどこにいるか探った。

彼は、教授の席と、明子の席の間くらいのところにいた。

細川は、教授のとなりに座り、夫人のとなりには、野田助教授が座っていた。

一時間ほど、料理を食べたあと、やっと、みんな立ち上がって、献杯に歩きはじめた。ビールの瓶《びん》を持って行き、「やあ」とかいって注《つ》いでまわる。女性も、男性に注いであげるという様子だったので、明子も立ち上がった。

順番を守って、まず、教授と夫人のところへ行き、ビールを注ぐ。

教授は、ちらっと明子をみて、

「君も来てくれたんだね、有難う」

と、機嫌よくいった。

そのあと、細川と野田に注ぎ、顔をあげると、太田がいた。

彼は、明子の顔をみると、ビールを注いでから、「あ、ワインの方がよかったかな」といって、ワインをとりに行ってくれた。

細川は、知らん顔をしているので、明子は、太田と立ち話をした。

「太田さんて、在原業平について、お詳しいんだそうですね」

明子は、お世辞をいった。

「え、そんなこと誰がいってるんですか？」

太田は、不思議そうにきいた。

「細川さんがおっしゃってました。私、在原業平に興味を持っているといったら、太田さんが詳しいって」

「本当にそういったんですか？」

太田は、一応うれしそうにいいながらも、細川がそんなこと言うはずないという顔をしている。

「本当ですわ、太田さんは、学識があるって」

「そんなことありませんが、何か在原業平のことでおききになりたいことがあったらいって下さい。細川くんにきけば、一番早いんですが……」

「彼は、あまり、そういう話をしないんです。私があんまり何も知らないので、面白くないのでしょうけど……」

そういって太田の顔をみると、彼の視線は、明子の大きくあいた胸もとにそそがれていた。

彼も、はじめて、明子の存在に興味を持ったらしい。

細川の方をみると、何か一生懸命麗子と喋っている。

それで、太田にきいてみた。

「今回の殺人事件は、つかまった窃盗犯が持っていた仏像の胎内仏の発見からおこったそうですね」

「へえ、よく知ってますね。僕もそうなんじゃないかと思っているんです。教授に見せてもらったのは、一回だけですが、在原業平についての貴重な文献が出て来たんですよ。教授はそれがなくなったといってました。一緒に見た細川くんや野田くんも、誰が盗んだのだろうといってましたよ」

太田は、自分の女性関係から、事件がおこったのでないと、明子に信じてもらいたい様子だった。

〈やっぱり、教授は、助教授の三人に、その古文書をみせているんだわ。それなのに、細川さんは、どうして、見たことないと嘘をつくのかしら?〉

明子は、口惜《くや》しかった。

6

帰りは、太田の車に、麻里子と一緒に乗せてもらった。

「車を運転しないといけないと思ってアルコールは、ほとんど飲まなかったんですよ」

太田は、にこにこしながらいったが、麻里子は、ツンとしている。

細川と野田は、教授に誘われて、街へ飲みに行ってしまったので、つまらないのだろう。

仕方なく、明子が礼をいった。

「すみません。折角のパーティなのに、ビールも飲めなくて……。でも、いい車ですね？」

「今度、買いかえたんです。下取りが悪いので、どうしようかと思ったんですが……」

すぐに、麻里子の家の前へ着いて、彼女がおり、太田と二人になった。

「細川くん、明子さんに、もっと寄り添ってあげればいいのに。それに、教授とのおつき合いは、野田くんにまかせて、一緒に帰ればいいのに、気のきかんやつですね」

太田がいった。

その通りだと思った。

それで、途中で、お茶でも飲みませんかと誘われたとき、即座に応じた。

細川への腹いせもあったが、太田に情報をききたいと思ったからだった。

太田は、麗子や美子のことを、明子が知らないと思っているようだった。

それで、明子も、そのことには、さわらないようにして、専ら、胎内仏や、その中から出て来た古文書の話をした。

「胎内仏のこと、細川さんからきいたんじゃないんですよ。彼は、そのこと私に言わなくて、私は、京都府警の狩矢という警部さんからきいたんです」

細川と太田で話が合わなくなると困ると思って、明子がいった。

「ほう、京都府警の方では、殺人事件の動機は、それだといっているんですね？　男女関係でなくて」

太田は、ほっとしたようにいった。

男女関係のもつれということで、自分が一番、疑われていると、心配しているのだろう。京都府警の刑事が、どういう風にみているかききたい様子だった。

明子は、狩矢からきいたことを小出しにしながら、彼から、古文書のことをきき出した。

「狩矢警部さんのお話では……あ、こんなこと話してはいけないのかしら」

「大丈夫ですよ、僕は黙ってますし、僕の知っていることだったらいいますから」

太田は、熱心にいった。

「胎内仏は、一体でなく、何体かあって、在原業平の恋人の高子妃が、仏像を注文して、お寺におさめたのではないかといわれ、高子妃の内密の文書、つまり、日記や歌のようなものがあったといいますし、それ以外に鎌倉時代に作られた仏像があって、それには、

『伊勢物語』の絵巻の一部が入っていたのではないかって」

「絵巻は、見ませんね。古文書の方は、我々も、高子妃の歌や日記ではないかと話していたのですが……。それ以外にも、古文書がありましたね。我々は、ちらっとみただけで、教授が、あとでゆっくり研究しようといったので、そのままになっていたのです。ちょっと見ただけですが、教授の学説とは違うような感じなので、我々も、あれはどうなりましたときにくかったんです。そのうち、教授が、あれが盗まれたといわれて……。本当になくなったのかなと思いました。でも、それが、雨木くんの死とどうかかわっているのかな？　警察ではどういっているんですか？」

「さあ、わかりません。この間、加藤さんは、大杉先生のことを探っているスパイがいるといううわさがあるとおっしゃってましたけど」

「ええ。それは、我々もきいています。僕が、そのスパイではないかと疑っている人もいるようですが……。加藤もそういっているんですか？」

「いえ、それが、伊勢さんだったんじゃないかって」

「なるほど」

彼は、考え込んだ。

その顔を、明子は、じっと観察した。

第七章　意外なニュース

1

翌日、明子は、太田に誘われて、十輪寺に食事に行った。

前夜、十輪寺の話が出たとき、彼が、十輪寺でたのめば食事が出来ると教えてくれた。

「二～三日前に予約しないと駄目だと思うけど電話してみますよ。もし、オーケーだったら行ってくれますか？」

といわれ、承知した。

すると、今朝になって電話がかかってきて、「丁度キャンセルがあったとかで、とれたんですよ。行ってくれますね？」

彼は、はずんだ声でいった。

彼は、明子に好意を持っているようだった。

明子は、十輪寺の山門のところで会う約束をして電話を切った。

太田と親しくなれば、文学部のことを喋ってくれるんじゃないかと思った。

彼は、細川と違ってきさくで口が軽く、知っていることは、何でも喋ってくれそうだったからである。

明子が寺へ着くと、彼が先に来て待っていてくれた。

「前に一度来たことがあるんですが、ここのは、精進料理ですが、案外おいしいんですよ」

案内されて中へ入ると、座敷へ通された。

すぐに赤い膳が二つ運ばれて来て、一つには七品、もう一つには二つの皿がのっていて、それぞれに料理が入っている。

「業平御膳《ごぜん》というんですね」

太田がいった。

壁に達筆で「業平御膳」と書いてある。

あと二皿ほど運ばれてくると、二人きりになった。

「では、食べましょうか」

太田がいい、二人は箸をとった。

京都には、こういう風に、昼食を出すお寺がいくつかある。

万福寺では、普茶《ふちゃ》料理といって、精進料理でも、豪華なものもあるが、大抵は、似たり寄ったりの精進料理である。

品数は多いが、一つ一つの分量は少なく、野菜が主である。

天ぷら、吸物、野菜のたきあわせ、くずでとじたものなど質素なものだったが、食事をするのが目的でなく、彼と話すためなので、明子は、黙って箸を動かした。

「『伊勢物語』の中で、どの歌が好きですか？」

彼がきいた。

「『から衣きつつなれにし……』というあの有名な歌はやはり面白いと思いますわ。『か・き・つ・ば・た』を、詞のはじめに織り込んで歌ってるんですね。
でも、私は、辞世の句というか、最期によんだという歌が好きですね」

「えっ、そうですか。僕も同感ですよ」

彼は、その歌を箸紙に書いた。

　つひにゆく道とはかねてききしかど
　　きのふ今日とは思はざりしを

「『きのふ今日とは』といういいまわしも面白いですわ」

太田は、うなずいた。

「もう一つとるとしたら、どの歌ですか？」

「　名にし負はばいざ事とはむ都鳥
　　わが思ふ人はありやなしやと
でしょうか？　この歌については、色々説があるみたいですけど、やっぱり、有名な歌ですから」

「では、『伊勢物語』に出てくる女性の中で、三人をあげるとしたら、誰ですか？」

太田は、にこやかにいう。

まるで、先生が小学生にきくような質問だと思いながらも、明子は、まじめに答えた。

「彼が一番愛した高子妃、それから、斎宮《いつきのみや》でしょうね。当時の伊勢の斎宮は、文徳天皇の皇女、恬子《やすこ》内親王ですね。伊勢に行ったとき業平は、斎宮御殿に宿を与えられ、昼は、狩をし、夜は、斎宮の召使いたちに、大切にされてねむった。でも、何となく物足りない。それで、斎宮のことを考え続けた」

「その通りです。しかし、斎宮というのは清くけだかい独身の女性で、絶対に男性とまじわってはいけないのです。その上、彼女は身分が高く、神につかえる身です。でも、業平は、あきらめなかった」

「斎宮とは、何もなかったという説と、なにかあったという説とありますが、どちらなんでしょう？　全くの作り話ですか？」

　明子がきくと、太田がゆっくりと話してくれた。

「一般の説としては、二日目の夜、耐え切れなくなった業平は、

『神の掟を破って、お逢いしましょう。恋の道を神はとめはしない』

といって、斎宮を誘ってしまう。

　斎宮は、迷い悩んだ。宵のうちは人目が多かったが、夜が更《ふ》けて、あたりはすっかり寝静まった。業平は寝られずにいた。そのとき、おぼろの月影に、童女を先に立てて、ひっそりと立つ人の影が浮かんだ。

　業平は、ただただうれしく、自分の寝所に連れていって抱きしめた。語り合う間もなく、時はたちまちに過ぎ、午前三時頃に、斎宮は帰っていかれた。業平は、ひたすら悲しく、寝られないままに、朝を迎えた。自分の方から、使いをやるのは、身分がらはばかられるので、案じながら待ち続けていると、斎宮から歌が届けられた、というわけです」

「知ってます。

　　君やこし我や行きけむおもほえず

　　　夢か現《うつつ》かねてかさめてか

　あなたが来られたのでしょうか、私がお訪ねしたのでしょうか、思いがけないことで、定かには覚えていません。夢だったのでしょうか、現実だったのでしょうか、それとも、眠っている間のことでしょうか、目ざめていたのでしょうか――シャレた歌ですね」

「とっても頭がいい女性ですね。二人の間には、何かがあったようでもあり、なかったようでもありということで、結局、何もなかったということになっていますね。さて、もう一人あげるとしたら、誰ですか？」

太田は、明子の顔をのぞき込んだ。

「さあ、高子妃と斎宮だけは特別で、あとは最初の一ノ段の女性かしら？」

「ああ、主人公が元服して奈良へ行って、見も知らぬ姉妹に会うという話ですね。

　かすが野の若紫のすり衣
　しのぶのみだれ限り知られず」

「やはり、純粋に愛しているときの男の人がいいわ。あまり遊びは好きじゃありません」

明子がいうと、太田は、うなずいた。

後ろめたいのだろう。

2

そのあと、二人は、事件の話をした。

「昨日、家に帰って考えてみたんですが、大杉教授の発表している説と、今回出てきた胎内仏に入っていた古文書の説とは、やはり、説が違うようなんです。ほんのちょっと見ただけなので、一部しかわかりませんが……」

「あら、どういう風に違うんですか？」

明子は、身を乗り出した。

「大杉教授は高子妃と業平との恋愛については、割と否定的なんです。業平が愛したことは事実だし、高子妃も、まんざらではなかったものの、なんといっても、天皇の妃なので、ある一線で踏みとどまっていたのではないか、というような論文を出しておられました。まして、高子妃は、身分柄用心深く、あとに残るような恋文や日記は書いてないといっておられたのです。歌は、一方的に、業平の方が書いて送り、妃からのは、後世の人が書いたりつけ加えたのではないかとまでいっておられましたからね。今回、高子妃が業平を想う歌や日記を書いていて、自分の作らせた仏の胎内仏に収めていたということが本当なら、困るわけです。

それから、今までなかった絵巻物が出て来たということですが、それについても、大杉教授は、大胆な推理をしておられて、第三段ならこんな絵、第何段だったら、多分、こういう絵ではないかと、発表しておられました。今回のは、それらと違うのではないでしょうか？

あと、教授は、色々な仮説を出していて、それで有名になられたんですが、それが違っているということになると、困るんじゃないかと思います。だから、我々にも、あまり見せなかったんだと思います。我々助教授三人は、古文書なども、ちらっと見ただけですが、年代やその他、本物のように思えました。我々もプロですし、ニセ物の古文書に年代をつけたようなものは、数多くみて、眼がこえていますから、あとで、三人で、『本物みたいだね』と話し合いました。細川さんが、あなたに話さないのも、教授にとって都合の悪い古文書なので、言わないほうがいいと思っているんじゃないですか？」

「胎内仏が、本物だとしたら、高子妃は、業平を本当に愛していて、彼への想いを日記に書き、歌によみ、仏像まで作ってその中に収め、寺に保管していたことになりますね。つまり、業平と高子妃は、深く愛し愛されていたということですね」

明子がいうと、太田はうなずいた。

「普通の不倫でなく、天皇家の不倫ですから、大変です。教授も業平の方は、愛し慕っていたが、高子妃の方は、それをうれしく思いながらも、実際には、深い関係にはなかったといいたかったのだと思いますね」

「是非、その日記とか歌をよみたいわ。一体どんなことが書いてあったのかしら？」

明子は熱っぽい目で太田をみた。

「随分、熱烈なことが書いてあったみたいですよ。でも、紛失してしまったというので、永久に見られないかもしれませんね」

「絵巻物の方は？」

「僕は、絵巻物があったことも知らなかったのです。細川くんは見ているのかもしれませんが……。教授は学内ではえらいですが、意外に、ずさんなところがあって、大切な書類でも、よくどこへおいたのだろうといって、大さわぎしているところがありましたから、本当にどこかでなくしてしまったのか、書類の束を家へ運んでいた伊勢くんや、家へよく行っていた雨木くんあたりが、見たのかもしれませんね。雨木くんは、何の気なしに、『教授、この古文書は、まずいですね』といったかもしれないし、伊勢は、その古文書を見たことをほのめかして、教授を婉曲《えんきょく》におどしたかもしれない」

　太田は、箸をとめて熱心にいった。

「あら、それなら、教授が犯人ということになりますわ。太田さんは、教授が犯人と思っていらっしゃるんですか？」

　明子がいうと、太田は、あわてていった。

「いや、そんなことはありません。教授は立派な方ですから」

3

「教授でないのなら、一体誰なんでしょう？　雨木さんや伊勢さんが亡くなっても、助教授の方が教授に昇進するというわけではないので、講師の人が怪しいのでしょうか？」

　明子は、お茶を飲みながらきいた。

「しかし、加藤や木内には、そういう野心はないように見えるんですがねえ。もっとも、今は、学部内で異動がきまる時期なんですよ。教授は、春に学長になると思いますし、誰かが教授に昇進し、助教授に上ってくる人物もある時期なんです」

「教授になるとしたら、誰がなるんでしょう？　太田さんかしら？」

「いや、僕はダメですよ、教授のウケが悪いから」

太田は、残念そうにいった。

「どうしてですか？　ああ、大杉先生のお嬢さんとつき合っておられたからですか？」

明子は、思い切って言ってみた。

「えっ、そんなこと誰からきいたんですか？」

太田は、本当にびっくりしたようだった。

「色々、耳に入ってきますわ。太田さんが、一番あやしいという人もいます。最初、美子さんとつき合っていて、次に麗子さんに変えた。でも、麗子さんが、太田さんを捨てて、雨木さんとつき合うようになったので、雨木さんを殺した、伊勢さんには、そのことを感づかれたので殺した——こうなると、ストーリーが簡単だって」

「ひどいな、誰がいっているんですか？」

太田は、口惜しそうだった。

「でも、私は、太田さんが犯人じゃないと思っています」

明子がいうと、太田は、感激したように、何度もうなずいた。

「有難う、本当に有難う。僕は、この大学で教授になれなかったら、別の大学へ行こうと思っているんだ。だから、人を殺したりしませんよ。それは、この京南大学で教授になるのが夢だけど、少し格おちすれば、いくらでも教授にしてくれる大学はありますからね」

「その通りですわ。だから、動機は、昇進の問題ではないかもしれません。男女関係のもつれじゃないかしら？」

「えっ、男女関係のもつれ？　では、僕だというんですか？」

太田は、急に不機嫌な顔になった。

「いえ。動機のある人は、たくさんいますわ。美子さんかもしれないし、大学院生の麻里子さんかもしれない。また、別の人かもしれないでしょう？　たとえば、細川さんだって、野田さんだって、過去に、麗子さんにフラれたのかもしれないし……」

「そうですね。女性で一番あやしいのは、美子さんだと僕は思うな。彼女は、麗子さんに、いつも、恋愛の相手を奪われていて、恨みを持っているから」

太田は、考え込んだ。

話が少し深刻になったので、明子は、わざと話題を変えた。

「在原業平をめぐっても、女性たちが争ったり、色々揉《も》めたりしたんでしょうか？」

「さあ、『伊勢物語』には、出て来ませんね。みんなつきあってた時期がちがってますから。でも、在原業平は美男子だし、身分も高く、歌もうまくて、申し分のない男性ですから、あこがれる女性も多かったでしょうね。そういうのが書いてあったら面白かったのに」

彼は、そういって苦笑した。

二人は、すっかり意気投合して、また会うことを約束して別れた。

家に帰ると、電話が鳴っていた。

出てみると、細川だった。

「どこへ行っていたの？　ずっとかけていたけど留守だったよ」

彼は、不満そうにいう。

明子は、一瞬、太田と会ったことを隠そうかと思ったが、思い切って言ってみることにした。

「太田さんと会ってたの。十輪寺でお食事をしようといわれて行ったのよ」

「太田って、助教授の太田のこと？」

「そうよ、昨日、車で送って下さって十輪寺で食事が出来ると教えてくれたの」

「どうして僕に言わなかったの。それに、独身の女性が男と一対一で食事するなんて、ちょっとおかしいと思うけど、婚約者でもないのに」

彼は、怒ったようにいった。

4

「だったら、大杉先生の家から帰るとき、細川さんが送って下さればよかったのに。みんな私に同情して下さってたわ。どうして細川さんがエスコートしてあげないのかって。あなたの立場を考えて、私、出たくもなかったパーティに出たのに、ほったらかしで淋しかったわ。だから、みんなが、声をかけて下さったのよ。帰りだって、教授に誘われて飲みに行ってしまったでしょう？　私、車もないし、取り残されて心細かったわ」

「公的なパーティの時に、二人がべたべたしていたら、みんなの反感を買うじゃないか。だから、わざと知らぬフリをしていたのに、そんなこともわからないのか」

「……」

明子は、黙り込んだ。

最初出会った頃ほどは、彼を愛してない自分に気がついていた。

彼が交際をやめたいというのなら、やめてもいいとさえ思っていた。

しかし、彼の方は、明子が黙り込むと、あわてていった。

「わかったよ。次からは気をつけるよ。しかし、太田と何の話をしてたんだ。君は、男性だったら、誰とでも食事したり、会ったりするの？」

「太田さんとは、今回の殺人事件のことや、教授が紛失したという胎内仏に入っていた古文書のこととか話して楽しかったわ。彼は、その古文書を教授から見せてもらったといってたわ。助教授三人に見せたということよ」

「……」

今度は、細川が沈黙した。

彼は、その古文書など、見たことないといっていたのだ。

しばらくたって、彼は、低い声でいった。

「学問のことでは、色々とむつかしいことがあって、仲間うちで守っていかないといけないこともあるんだよ。それなのに太田はペラペラ喋って、軽薄な男だな。教授がきかれたら、不愉快になられると思うな。それに、僕の婚約者だと公表している君を誘い出すなんて失礼だよ。彼は女好きで、美子さんや麗子さんにも手を出してフラれているし、気をつけないといけないね。出て行く君も君だけど」

「だって、細川さんは、私に何も話してくれないんですもの。つまらないわ」

「つまらない？　僕と一緒だとつまらないというの？」

彼は、気色《けしき》ばんでいる。

「いえ。細川さんといると、一番楽しいわ。でも、あなたがかまってくれないから、他の人と喋っただけよ。ごめんなさい。ごめんなさい」

明子が最後に「ごめんなさい」といったので、やっと、彼も機嫌をなおしたようだった。

「まあ、いい。それで、太田くんとは、どんなこと話したの？」

明子は、思いなおして、太田と喋ったことを、細川にいった。

彼は、きいているだけで、自分の知っている情報は、何もいわない。

それで、話し終ると、明子の方からきいた。

「ねえ。古文書のことどう思います？　太田さんのいうように、大杉教授が彼の説とちがうから、都合がわるくてその古文書をかくしたのでしょうか？」

すると、彼は少し考えてから、

「そうかもしれないなあ。でも、僕たちがタッチしない方がいいんだ」

と、いった。

「何もなければそれでいいけど、でも、殺人事件がおこってるんですよ」

「しかし、殺人事件と、古文書が関係があるかどうかわからないじゃないか。たとえあったとしても、僕が何をすればいいんだ？」

「あなたのまわりに、殺人犯がいるのよ、それが誰かわからないと不安でしょう？　だから調べてみようと思わない？」

「こっちが調べ出したりしたら、犯人の方も気がついて消そうと思うかもしれないでしょう？　僕だけならいいけど、君が殺されたり、誘拐されたら困ると思って、事件に関心がないような顔をしてるんだ」

「え？　本当？」

明子は、感激した。

「有難う、うれしいわ。でも、犯人は、誰か知っておく方がいいでしょう？」

二人は、そのあといつものように、仲良く喋って電話を切った。

電話を切ったあと、明子は、しばらく考え込んだ。

〈私は、やっぱり、細川さんが好きなのだろうか？　彼は真面目で、頭がよく、品もいい。でも、心を開いてくれないところがあるし、恋人らしく、こちらを楽しませてくれるところがない〉

明子は、ちらっと、前の恋人を思い出した。彼は、海のみえるところへドライブに誘ってくれたり、ディズニーランドへも連れていってくれた。映画を見に行ったこともあるし、いつも君はきれいだとか、その服はよく似合うとほめてくれた。

話題も、友人のこととか、今、流行しているものとか、新しく出たファミコンのことなど、身近なことが多かった。

〈ああいうのが、ノーマルな恋人同士なんだわ〉

明子は、細川のことがわからなくなった。

5

それから数日後、明子は、あっと驚くニュースをきいた。

大杉美子と、野田助教授とが婚約したというのである。

電話で教えてくれたのは、太田だった。

「今日、加藤からきいたんですよ。研究室で野田くんが電話に出て、美子さんと話しているのをきいたんだそうです。『明日、お宅へ伺います』とか、『いつ発表しましょうか』とか笑いながら話していたから間違いないというんですが、細川くん、何かいってませんでしたか？」

「いいえ。さっき、彼とは電話で話したんですが、何もいってませんでしたわ。きっと知らないんです」

「野田くんも、本当は麗子さんを狙ってたと思うんですが、むつかしそうなんで、美子さんに方針を変更したんですね。僕がいうのもヘンですが、美子さんというのはやさしいところがあってなかなかいい娘ですよ。野田くんも、いい線狙ったなあ。麗子さんは、なかなか結婚しないだろうし、結局、野田くんが教授になるんじゃないかな」

太田は、羨しそうにいった。

「野田さんは、どういう風にして、美子さんと親しくなったんでしょうね。家には、あまり行かなかったんでしょう？」

　明子は、不思議に思ってきいた。

「男女の仲というのは、長くつき合ったからといって親しくなるものじゃないでしょう？　パーティなどでも会うチャンスはあるし、片方がその気なら、相手に通じるものですよ、少なくとも好意を持っていることは」

　太田はそういうと、あっさりと電話を切った。やはり、美子が婚約したことで、動揺しているのだろう。

　すぐに、明子は、細川に電話をかけた。

　美子の婚約のことを言うと、細川もショックを受けたようだった。

　いつもの彼に似ず、詳しく話をききたがった。

「でも、きいたのは、二人が婚約したらしいというだけですわ。それも、正式の発表ではなく、加藤さんが、野田さんが電話に出て美子さんと喋っているのをきいたというだけで」

「野田くんというのは、チェスがうまくて、日本国内の競技で優勝したこともあるくらいだから、随分前から計画してたんだろうな。彼は、成績もいいし、品行方正だから、教授もよろこんでおられるだろう。よかった。しかし、意外だなあ。彼は、麗子さんが好きなんじゃないかと思ってたけど」

「野田さんが、教授になるのかしら？　大杉先生だって、やはり、娘をもらってくれる男性には好感を持つんじゃないかしら？」

「教授夫人はどう思っているのかな。夫人は、野田くんはあまり好きじゃないような気がしたんだけど」

「えっ、どうしてわかるの？」

「教授が、愛人と会うとき、野田くんと飲んでると嘘をついたことがあって、その日、野田くんが家へやって来て、嘘がバレたんだ。夫人は、野田くんが、夫の愛人への連絡をしたり、アリバイ作りに協力していると勝手に思い込んで嫌っているという話をきいたことがある。夫人の思いちがいなんだけど」

「でも、美子さんは、実の娘じゃないから、早く結婚して家を出て行ってくれる方がいいんじゃないの。麗子さんの相手だったら、色々と干渉したいかもしれないけど」

「それもそうだなあ。美子さんの方が麗子さんより年上だし、早く結婚させたいだろうね。あとは、麗子さんだけど、誰と結婚するのかな」

「細川さん、あなただったら、教授も大よろこびなんじゃないかしら。私、遠慮してもいいのよ」

「何いってるんだ。僕はもうきめて、みんなにも言ってるし論外だよ。太田くんはダメだし、加藤くんは結婚してるし……」

しばらく喋って電話を切ったが、細川も、美子と野田の婚約には、相当ショックを受けたようだと明子は思った。

〈彼は、私と結婚するとみんなに言ったこと、後悔してるのではないかしら？　彼なら、麗子さんもオーケーするだろうし、教授も喜ぶはずだわ〉

明子は、電話の前で、じっと考えた。

6

翌日の夜、細川から電話があって、やっぱり、野田と美子は、結婚するらしいといった。

「野田くんに、直接きいたら、否定しないんだ。『さあ、そういうことになったら、一番先に、細川さんに報告しますよ』と、にやにやしていた。そして、あわただしく帰っていったよ。教授の家へ行ったらしいね。明日、大学の近くの中華料理の店で、学部会があるから、その時、発表があるのかもしれない」

「麗子さんは、どうするのかしら？　まさか今度も、美子さんの相手を奪ってしまうということはないでしょうね」

明子が笑いながらいった。

「まさか。それに、野田くんだって、太田くんの例を見ているから、麗子さんに誘われても動かないよ。それより、今日、加藤くんと明日の会議のパンフレット作りを一緒にしてたんだけど、彼の話では、太田くんと、麻里子さんが、一緒に歩いているのを二度も見たというんだ。あの二人はあやしいと、加藤くんは笑っていた。麻里子さんも、教授をあきらめて太田くんと結婚するのかもしれないね」

「えっ、太田さんと麻里子さんが？　本当かしら？　そんな気配は、全然なかったのに」

「太田くんのことだからわからないよ。麻里子さんも、いくら待っても教授とは結婚出来ないし、友だちはみんな結婚していくんで、決心したのかもしれないね。太田くんも麻里子さんも、結婚すれば、教授にカシが出来るしね」

「美子さんが婚約したこと、発表はまだなのね？」

「ああ、まだだけど。挙式は、六月だといわれている。誰が教授になるかも、まだ、発表はないけどね。それから近々、美子さんの婚約の内祝いが、ホテルであるという噂だ」

その翌日、明子は、退社後、狩矢警部と会っていた。

三時ごろ電話がかかって来て会いたいといわれたので、承知して、彼の指定した喫茶店へ出かけた。

喫茶店には、彼の部下の橋口警部補も来ていた。

「コーヒーでも飲むといいのですが、時間がありませんので、軽い食事をしていいですか？」

彼は、遠慮がちにきいた。

「どうぞ、私も帰っても一人ですから、御一緒しますわ」

結局、三人は、シチュー定食をとって食べることにした。今日のこの店のおすすめ品でシチューに、御飯、ハンバーグとコーヒーがついている。

食事が運ばれてくると、明子は、太田にきいた古文書のことや、美子の婚約のことなどを話した。

狩矢は、熱心にきいたあと、ちょっとしたニュースがあるといった。

「何でしょうか？」

明子が顔をあげると、狩矢は、殺された伊勢の部屋から、古文書の一部が出てきたといった。

「えっ、古文書というと、教授がなくしたという胎内仏の古文書ですか？」

「ええ。伊勢さんの書斎は、書類だらけで、その中にあったので、今まで気がつきませんでしたが、書類の中にはさんであったんですよ。驚きました。でも、ほんの一部です」

「つまり、その古文書は、伊勢さんが盗んだということですか？」

明子は、スプーンをとめていった。

「伊勢さんが盗んで隠していたのか、伊勢さんを殺した犯人が、はさんでいったのかわからないのですが、とにかく、出て来たんです。教授にたしかめたところ、なくなった古文書の一部だといわれました」

「どんなことが書いてあったんですか？」

明子は、いらいらしながらきいた。

「高子妃の日記の一部らしいです。今までになかったものです。コピーして教授にわたしました。教授は、自分がなくしたというのが本当だとみんなにわかってよかったと喜んでおられましたよ」

食事がおわりに近づいたとき、狩矢警部の携帯電話が鳴った。

取り上げた狩矢警部の顔色がかわった。

第八章　殺人者の影

1

「野田助教授が、自動車事故をおこして、救急病院に運ばれたそうですよ」

　狩矢警部がいった。

「えっ、野田さんが？　一体どうしたんでしょう？」

　明子は、驚いてきいた。

「帰宅途中にブレーキがきかなくなって、対向車にぶつかり、相当怪我《けが》をしている。今は、意識がないということです。では、現場へ行きますから」

　狩矢はそういうと、橋口警部補と一緒に、あわただしく飛び出していった。

　あとに残された明子は、呆然としていた。

　教授の娘、大杉美子と婚約し、教授に昇進する可能性も出て来て、幸せの絶頂にいた野田が、まさか自殺しようとしたわけではないだろう。

〈事故なのか、それとも、誰かに殺されようとしたのか？〉

彼が運び込まれた病院はわかっているが、まさか明子が出むくわけにもいかない。

家に帰って、いらいらしていると、細川から電話がかかってきた。

「大変だ。野田くんが自動車事故で、救急病院に運び込まれたんだ」

「ええ、知っています」

「え？　どうして？」

「狩矢警部さんとお話しているところへ、電話が入ったの。狩矢さんたちは、飛んで行ったわ。私も行きたかったけど、野田さんとは、顔見知り程度なのに、行ってはおかしいと思ってやめたんです。あなたは病院へいらっしゃるの？」

「ああ、行く。教授を車に乗せてこれから行ってみるよ。じゃあね」

そういうと電話は切れた。

帰ったら、連絡をくれるだろうと、待っていたが、十一時を過ぎても、電話がない。

彼の母親が出ると、こんな遅い時間に非常識だと思われそうだったが、明子は辛抱しきれなくて、彼の家に電話をした。

幸い電話口に出たのは、細川だった。

「あ、帰ってたんですか？　野田さんどうだったんですか？」

明子が勢い込んできくと、細川は、命はとりとめるようだといった。

「病院には、美子さんも駆けつけて来て、一生懸命、看病してたよ。面会時間の規定があるので、今晩はみんな帰って来たんだけど……」

「帰ったら連絡があるかと待っていたので、こんな時間にかけてごめんなさい」

「明朝でも電話しようと思っていたんだ。父や母が起きたらしいので、電話切るね」

彼はそういって、電話を切った。

電話を切ったあと、すぐまた、電話がかかってきた。

太田からだった。

「こんな時間に電話してすみません。実は、野田くんが自動車事故で、救急病院に入院したんですよ。それだけお知らせしようと思って」

「有難うございます。実は、狩矢警部さんとお話している最中に、その電話が入ってきて、警部さんたちは、飛んで行かれました。そのあと、細川さんから、大杉教授を乗せて病院へ行くと電話がありました」

「えっ、じゃあ、細川さんは、病院へ行ったんですか？　僕がきいたのは今さっきなんです。遅いので、明日行こうと思っていたんですが……」

太田は、ちょっと不満そうにいった。

「それで、野田くんは、どんな様子だったんですか？」

「命は助かるということでしたわ。車のブレーキがきかなかったんだそうです」

「じゃあ誰かが、彼の車のブレーキオイルを抜いたのかな？　彼は美子さんと婚約し、一番先に教授になる可能性も出て来たので、やっかまれたんじゃないかな。大学の駐車場は野天で、誰にでも細工は出来ますからね」

　太田は、興奮していった。

「美子さんも駆けつけて来て、一生懸命看病してたということですわ……。でも、本当に命をとりとめてよかったですね」

「一体、誰が仕掛けたんだろう？」

　太田は、電話のむこうで考えている様子だった。

　太田は、そのあと、電話を切りかけたので、明子が、あわててきいた。

「太田さん、麻里子さんと結婚されるって、本当？」

「えっ、僕がですか？　いいえ、そんなことときめていませんよ」

　明子が、黙っていると、太田は、弁解するようにいった。

「二度ほど、彼女と喫茶店へ入ったり、食事をしたことはありますが、それは、相談にのってほしいと彼女に言われたからです。もちろん、教授のことですが……」

「本当かしら？」

　明子が、わざと信じてないようにいうと、彼は、ムキになっていった。

「教授には、何人も愛人がいるし、いつまで待っても奥さまとも離婚しそうにはない。それで、教授と別れようと思っているといってました」

2

翌日、明子は、花束を持って、細川と一緒に野田の入院している病院へ行った。

朝、美子から電話があって、手伝ってもらえないかといわれたからだ。

病室へ行くと、野田は、ベッドに寝ていて、横に美子がいた。

「あ、明子さん、ごめんなさい。色々買物もあるし、そばについていてあげたいので、助けていただけないかと思って」

「いいですよ。何でもいって下さい。昨日この事故のことをきいて、お見舞いに来たかったのですけど、あまり親しくない私が伺うのもどうかと思って遠慮していたんですの」

「有難う。やっと命をとりとめたのですけど、大怪我をしているの」

明子がベッドのところへ行くと、野田は、頭や腕に包帯をぐるぐると巻いて、傷が痛むのか、うなり声をあげていた。

「今、鎮痛剤の注射をしてもらって、これでも、少し落ち着いたところですの」

明子は、病室のまわりを見まわした。

大杉夫人も、麗子も来ていない。

美子は、病人の野田のパジャマや下着類、それに、水を飲む吸《す》い呑《の》みやタオル、ガーゼ、洗面器や歯ブラシなどを買って来てほしいと、明子に頼んだ。

「容態が刻々と変わるので、私はそばについていたいんです。ごめんなさいね」

美子は、明子にすがるようにいった。

明子は、気持よく引き受けて、外へ出た。

病院の売店でも、大体のものは揃うということだったが、ないものもあるので、大通りの商店街まで行った。

吸い呑みやガーゼ、タオルなどを買うのは平気だったが、さすがに未婚の明子は、男性の下着を買うのは恥ずかしかった。

それでも、やっと勇気を出して、頼まれたもの全部を買って、病院に戻った。

美子は、何度も礼をいったあと、早速、吸い呑みに番茶の冷やしたのを入れて、ベッドに横になっている野田にそれを飲ませ、タオルで口もとを拭いた。

「彼は、狙われたんだわ。大学の駐車場には誰でも入れるし、野原においてあるだけだから、誰でも、ブレーキオイルを抜いたり出来たんだと思いますわ」

美子は、そういって明子をみつめた。

「雨木さんや、伊勢さんを殺した同じ犯人なんでしょうか？　それなら、野田さんは殺されるところだったんですね？」

明子がいうと、美子は、うなずいた。

「私、今誰も信じられないの。父を尊敬してましたけど、二度目の母を連れて来たし、太田さんにも雨木さんにも、麗子にも、裏切られて……。明子さん、私、あなたとは、少ししかお話したことないけど、信じられると思ったの。私の味方になって。お願い」

美子が、そばへ来て熱っぽくいった。

「わかりました。私は美子さんの味方ですわ。裏切りはしません」

明子がいうと、美子は、涙を流して抱きついてきた。野田の怪我で、相当神経質になっているようだった。

明子は、美子に同情した。

彼女は、母親を失い、義母と麗子に冷たくされながら育ったのだろう。

そして、はじめてみつけた恋人の太田や雨木に裏切られ、やっときめた野田は、自動車事故に遭う。

看護婦が「面会謝絶」の紙を持って入って来て、これからこれを貼るので出て下さいというので、細川と明子は、外へ出た。

「美子さんって、やさしい人なんですね。私、教授のお嬢さんだから、もっと威張っているのかと思ったわ」

「本当に一生懸命看病していたね。野田くんは、彼女を選んで正解だったよ。麗子さんだったら、あんなに看病しないんじゃないかなあ」

細川はそういってから、

「しかし、野田くんは、本当に誰かに狙われて、自動車事故に遭ったんだろうか？」

と、いった。

「え、どういうこと？」

「彼の芝居じゃないのかと思った。雨木や伊勢が殺されて、僕や太田くんや野田くんが疑われている。もし、野田くんが犯人だったら、自分も被害者だと思わせようとして、自作自演したんじゃないかと思って」

「まさかァ。そんなことないと思いますわ。それに、あれだけ大怪我してるのに、自作自演だなんて。まかりまちがえば、死んでたかもしれないでしょう？」

「僕も、まさかとは思うけど。彼が死んでいれば、こんな疑いはおこらないんだけど、彼は死んでないからね」

細川の言葉に、明子も考え込んだ。

「確かにそういえば、一応疑ってみる必要はありますね」

3

「教授は、どう思っていらっしゃるのかしら？」

車の中で明子がきいた。

「教授は、野田くんを被害者だと思って同情していたよ。担当の医者にも、本当に助かるのかと何度もきいていたしね。美子さんとの結婚を認めた時点では、僕や太田くんと同じように、野田くんも、ひょっとして犯人ではないかと疑っていたみたいだけど、今は、すっかり信じているね。だから、野田くんの芝居じゃないかと考えたんだけど……」

「大怪我だけど、病気じゃないから、一カ月か二カ月すればなおるのでしょう？　そうしたら、野田さんが教授になるのかしら？」

明子は、運転している細川の顔をみつめた。

「だろうね。野田くんは成績も優秀だし、反対もないんじゃないかな。僕は別にかまわないよ。いずれは僕も教授になれると思うし」

「それにしても、犯人は誰なんでしょうね」

「僕でないことは、自分が一番よく知っているし、野田くんでないとしたら、太田くんかなあ。彼なら動機がはっきりしているけど、彼が殺人者とは思えないんだけど」

細川は、ハンドルを握って、前方をみたまま答える。

「太田さんが犯人なら、太田さんは、美子さんをまだ愛していて、野田さんと結婚するのをやめさせたかったということになるわ。でも、野田さんは死ななかったから、結婚は、やめさせられなかった。となると……」

「また、野田くんが狙われることになるね。美子さんがついている間はいいけど」

「美子さんに、警告した方がいいかしら？」

「さあ、彼女も十分わかっているんじゃないかな」

細川は、嵐山で車をとめた。

目の前には、保津《ほづ》川の清流が流れている。

対岸の桜も散って、今は、青葉の季節になっていた。

「太田さんは、教授が古文書を三人の助教授に見せたといってたわ。あなたも御覧になったんでしょう？　どんなことが書いてあったんですか？」

　車からおりて、川を見ながら、明子がきいた。

「僕と野田くんは、手にとって見なかったんだ。太田くんは、熱心に見てたけど、彼の話では、業平を想う妃の日記や歌が書いてあったということだったけど」

「では、教授の説とは違うことになるんでしょう？　大杉教授は、どう思っていらしたのかしら？」

「教授は、確かに機嫌が悪かったね。自分の説では、業平の方は、一方的に想っていたのかもしれないが、妃の方は、うれしくは思いながらも、妃の身だから相手にしなかっただろうといっていたんだから」

「それに対して、京洛大学の石垣教授は二人は深く愛し合っていたとはっきり発表しているから、その古文書が発表されたら、大杉先生が不利ですね」

「まあ、そういうことになるね。伊勢くんは、そのあたりの事情を知っていたんじゃないかな。彼は、教授の家へもよく本を運んだりして立ち入りしていたから、古文書もこっそり読んだと思うね」

「それで殺されたんだわ。あら、なんだか教授が犯人のような気がしてきたわ」

「教授は、自ら手を下して殺人はしないと思うよ。人にやらせたとしたら別だけど」

「野田さんが、忠義心から、教授の気持を察してやったということはないかしら？　それで、そのあと、野田さんの口を塞《ふさ》ごうとしたとしたら、話は合うわ。教授は首をしめ殺すようなことはしないと思うけど、ブレーキオイルを抜くことならやるかもしれないわ」

「…………」

細川は、黙り込んだ。彼の口からは、教授が犯人とはいえないのだろう。

「甘いものでも食べていこうか」

緊張した空気をふりはらうように細川がいい、二人は、川の近くの茶店へ入った。

フルーツあんみつを注文したあと、明子は、細川の機嫌をとるように、細川の得意な話をすることにした。

「ねえ、『伊勢物語』という名前についても、なぜ、伊勢物語になったか、いくつもの説があるんでしょう？　教えて」

「第一、伊勢物語とはっきりきまっているわけじゃないんだよ。『源氏物語』の中では、

『伊勢物語』といったり、『在五《ざいご》が物語』と呼ばれているし、『枕草子』では『伊勢の物語』、『狭衣物語』では、『在五中将の日記』といわれているんだけど」

「在五というと？」

「この物語のモデルとも作者ともいわれている在原業平が、父、阿保親王の五男であったことから在五といわれているんだ」

細川がやっと楽しそうにいった。

4

「『伊勢物語』という名前になったのは、伊勢の国の物語だからかしら？」

「いや、いくつか説があって、一番有力なのは、内容が伊勢斎宮に関係があることによるといわれている」

「あら、でも全部が伊勢斎宮のことではないでしょう？」

「しかし、『伊勢物語』には、『小式部内侍本』という伝本があって、それには『伊勢斎宮譚』というのが中心になっていて、それが原型だといわれているからね。それにもう一つ、『伊勢物語』の中でも、文学的価値の高いのが、『伊勢斎宮譚』なので、それをこの歌物語全体を代表させて題名としたといわれているんだ」

「その伝本というのを細川さんは、御覧になったの？　私も見たいわ」

「いや、その伝本があるのは事実らしいけど、まだ、発見されてないんだ」

「あら、それでは信じられないわ、それに、伊勢斎宮のところが、文学的価値があるというのも、私わからない。美しい物語だけど……」

「僕もそう思っているんだ」

「えっ、本当？　うれしいわ」

　はじめて細川と気が合ったと、明子は思った。

「他にどんな説があるんですか？」

「作者が〝伊勢〟という女性だという説もあるね」

「あら、伊勢って、百人一首に歌がのっている人？　美人のお姫様の札で、私、好きなんですけど」

「その通り。しかし、平安朝女流文学の代表といわれる〝伊勢の御《ご》〟という人をあてるという説と、架空の女性であるという説の二つがあるんだ。〝伊勢の御〟という女性は、実在の人で、伊勢守藤原継蔭《つぐかげ》の娘で、はじめ宇多《うだ》天皇妃の七条后《しちじょうのきさき》藤原温子《よしこ》に仕えた。のちに、宇多天皇に愛されて、行明《ゆきあきら》親王を生んだということがわかってるけど」

「その説は有力なんですか？」

　明子がきいた。

　細川は、すっかり機嫌がなおり、大学助教授の顔になって熱っぽく話している。

「いや、有力ではないね。『伊勢物語』は、一人の作者が書いたものでなく、何人もの人がかかわり、何年にもわたって加筆し、書いたものだとされているから、一人の女性が作家ということはない。でも、彼女がいくぶんか関与したのではないかと思うけど」

「面白いわ」

明子がいうと、細川は調子にのって、他にも色々な説があるのだと話してくれた。

「では、『伊勢物語』の作者は誰だといえばいいのかしら？　私は、今まで、在原業平だと学校で習ってきたのだけど」

「一般的には、在原業平と、その近親者たちということになっているね。それから、別の説としては、源朝臣《あそん》融《とおる》を頂点とする文芸グループ、それから、二条后（藤原高子）とその周辺という説もある。あと、染殿《そめどの》の内侍、つまり藤原直子という説、七条后、……」

「七条后は、藤原温子ですね？」

「そうだ、伊勢も、この中にふくまれる。それから、紀貫之に代表される紀氏の一門、あっ、そうだ、源順《したごう》という説もあるね」

細川はいい終ると、はじめてにっこりした。

「文学って、いつも、色々な説があるんですね。それを論文で発表したり、解きあかしていくのが、文学者の仕事なんですね」

明子は、細川をみつめた。

「そうなんだ。いくつかの説の中から、自分の信じる説をえらび、それを証明していくのが、我々の仕事なんだ。古代史なんかも、こういう道具を使っていたのは今から千何百年前の西暦何年からとか発表しても、最近になって、もっと古くから使っていたことが、埋蔵されていたものからわかったりして大変だと思うよ」

「文学でも、自分の説を裏付けるようなものが発見されればうれしいけど、自分の説がまちがっていることがわかるものが発見されると大変でしょう？　ショックだと思うわ」

「その通りだね。大杉教授の説が違っていたことがわかったのは、高子妃の日記や歌だけではなく、他にもいくつかあったらしいよ。無理もないことだと思うけど、我々の世代では、過去の文学者が、色々な説を研究して発表しつくしているから、あたり前の説では、誰もみむきもしない。それで、どうしても、とっぴな異説を主張することになるんだ。すると、みんなも注目するし、マスコミもとびつくからね」

「むつかしい世界なんですね」

明子は、感心したようにいった。

「『伊勢物語』の作者も、大杉教授は、伊勢だといっているけど、それだと合わないところや、年代的に伊勢は知り得ないところもあって、攻撃されているんだよ」

細川は、また、暗い顔になった。

5

翌日、明子は、会社が終ってから、野田の入院している病院へ行った。

すると、美子が、これから家へ来てくれないかという。

「野田さんも、だいぶ良くなったの。内科と違って、外科の方は、なおり出すと早いわ。それで今日は家へ帰ることにしたの。買物もあるし、荷物もあるので一緒に来ていただけないかしら？」

彼女も、野田が事故に遭ったときよりは、落着きを取り戻していた。

しかし、だいぶ疲れているようだった。

明子は、快く承知して彼女と外へ出た。

野田も、「お世話になります」と、はじめて口をきいた。

それでも、脚の骨折がなおるまでには、二カ月以上かかるという。

途中で、色々買物をして、美子について大杉教授の家へ行った。

今日は、継母《はは》や義妹《いもうと》も家にいるので、一緒に食事しましょうといわれていたので、明子は緊張した。

夫人は、相変らずきれいに化粧し、すぐにも外出出来るような服装をしていたが、思ったより機嫌よく迎えてくれた。

麗子も、愛想がいい。

しかし、結局夕食を作ったのは、美子と明子だった。

「今日は、お手伝いさんが、休みをとったので、ろくなことは出来ませんけど、お食事していって下さいね。美子がお世話になったそうで有難う」

夫人は、鷹揚《おうよう》にいったが、食事を作らせるつもりで機嫌がよかったのではと、カングリたくもなる。美子が可哀そうだと思った。

麗子も、何も手伝わないでピアノをひいたりしている。

〈細川さんが、野田さんが美子さんを選んだのは正解だといったけど、その通りだわ〉

と、明子は思った。

夫人も、自分の娘なら、手伝うようにいえばいいのにと思った。

やがて食事が出来て、広いキッチンのテーブルに四人がついた。

教授は、今日は、九州の学会に行っているのだという。

「細川さんもご一緒に学会へいらしたんじゃないの？」

夫人が、笑みを浮かべてきく。

「さあ、わかりません。細川さんは、大学のことは、何も私にいって下さらないので」

明子は、曖昧にいった。もし、教授が、学会へ細川を連れていくといって、夫人にアリバイをつくっているのだったらまずいと思ったからだった。

「そう。でも、折角いらしたんだから、ゆっくりしていってね」

夫人は、やさしくいった。

食事が終ると、麗子は、コンサートにいくといって出かけ、夫人も、二階の自室へ引きあげてしまった。

テーブルの上には、夕食の食器がそのまま残っている。

美子が黙ってそれを洗い場に運びはじめたので、明子もそれに従った。

「ごめんなさい。あとは私がするから帰って」

美子が申しわけなさそうにいったが、あと、美子一人でするのだと思うと、帰るに帰れない。

「いいんです。私、帰ったらねるだけですから」

「有難う。助かるわ」

美子は、ほっとしたようにいった。

この家で、美子はいつもこんな立場にいるのかと、明子は同情した。

〈早く家を出て、好きな人と幸せな家庭を築きたいと思っているのだろう。野田さんが犯人でないといいのに〉

明子は、心から思った。

花瓶の水をかえたり、灰皿を持っていったりして二階の教授の書斎に入ったとき、明子は、こっそりと、デスクの引き出しをあけてみた。色々な書類がはみ出すほど入っている。

鍵のかかった引き出しもあった。

〈ひょっとして、あの中に、古文書があるのではないだろうか?〉

鍵は、教授が身につけているのだろう。

鍵のかかってない引き出しの中に、教授に推薦する書類があった。
○○○○を、教授に推薦する。
というもので、まだ、名前は入ってない。

明子は、胸がどきどきした。

教授が空いているところに名前を入れて、署名すると、その人物が教授になるのだ。

書斎から出ると、美子が、手洗いから戻って来た。

「本当に今日は有難う。助かったわ」

彼女は、丁寧に礼をいった。

「いいえ、また呼んで下さい。いつでも来ますから」

「本当? 有難う」

教授の家を出て自宅に帰ると、さすがに疲れが出て、明子は着がえもせずに座り込んだ。

6

二時間ほど眠っておきると、明子は、在原業平についての本を何冊かとり出した。
すぐには眠れないので、本でも読もうと思いついたのだ。
細川と話すには、在原業平のことをよく調べてないとついていけない。
まず、業平の簡単な略歴をメモしてみた。

死亡年月日――元慶四年五月二十八日
　父――阿保親王
　母――桓武天皇皇女伊都内親王
続柄――五男
兄弟――兄行平《ゆきひら》、他に仲平《なかひら》、守平《もりひら》
職歴――左兵衛佐《さひょうえのすけ》、右近衛権少将《うこんえのごんのしょうしょう》、右馬頭《うまのかみ》、右近衛権中将兼相模権守、兼
　美濃権守
死亡時の年齢――五十六歳

「当時としては、随分長生きしたんだわ」

と、明子は思った。

ここまでは、大体知っていることだった。

何故、これほどの高貴の生まれなのに、天皇になったりせずに美濃権守どまりでいたのかというのを、調べて、大体わかっていた。

父親の阿保親王が、薬子《くすこ》の乱に連座し、配流され、三十三歳で父上皇の逝去するまで、九州の地で過ごしたからである。

業平は、父親の帰京の翌年に誕生している。

父阿保親王は、平城天皇の第一皇子で、母親は更衣《こうい》の葛井宿禰《すくね》蒔子だと書いてあった。

明子は、業平の父についてはあまり知らなかったが、本を読んで驚いた（原国人著）。

父の阿保親王は、帰京後、治部卿、宮内卿、弾正尹《だんじょういん》などを歴任し、上野《こうずけ》・上総《かずさ》の太守を兼ねている。

しかし、承和九年、七月十日、春宮坊帯刀《とうぐうぼうたちはき》伴健岑《とものこわみね》に、謀反への参加を誘われて、これを皇太后橘嘉智子《かちこ》に密告している。

これが、承和の変のきっかけになったという。

〈業平は、父親の密告とか裏切りをどういう風にみていたのだろうか？〉

と明子は思った。

父親としては、長い間の九州流罪にこりて、家族のためにしたことかもしれないが、若い業平にとっては、複雑な思いだったろう。

〈だから、業平は後年、本業の出世より、歌や女性に走ったのかもしれない〉

と、思った。

細川と出会う前は、在原業平というと、美男だが、プレイボーイで、軽薄な男性だと思っていたが、調べていくにつれて、違うのだとわかった。

〈彼にも、色々、悩みがあった筈だわ〉

明子は、本を閉じた。やっぱり学問は苦手だ。それに、本に逃避するより、現実のことを考えないといけないという気もしていた。

現実に、まわりで殺人事件がおこり、犯人がわからないでいる。

犯人は、細川かもしれないのだ。

〈細川さんとは、このままの関係を続けるべきか、それとも解消した方がいいのだろうか？〉

というのが、明子にとって一番の問題だった。

北海道にいる両親には、細川のことをいってしまったし、細川が結婚したら会社をやめてほしいというので、上司にはそのことをいってある。

両親は、細川の略歴や勤め先が大学の助教授であることをきいて、いい相手だと喜んでくれた。

年齢的にも適齢期を過ぎかけているし、なるべくだったら交際をやめたくはなかった。
しかし、細川を信じきれない。
考えはじめると、なかなか寝つけないで、やっと朝方になって眠った。
その眠りは、けたたましい電話のベルで破られた。
「美子が……美子が死にかけているんです」
それは、大杉夫人の声だった。

第九章　切り裂き魔

1

〈美子さんが、死にかけている？〉

明子は、驚いて眠気《ねむけ》がふっ飛んでしまった。

時計を見ると、朝の六時半だった。

明子は、すぐに服を着て、教授宅に駆けつけた。

教授宅に着くと、麗子が一人で待っていた。美子は、救急車で運ばれていったあとだという。

あとから、夫人が車でついて行ったのだとも麗子は話した。

「それで、一体、何があったのですか？」

麗子が落着いているので、明子は、いらいらしながらきいた。

麗子の話では、朝の六時ごろ、玄関のチャイムが激しく鳴って、出てみると、近所の人が犬を連れて立っていた。

その人は、お宅のお嬢さんが、外で倒れていると知らせてくれた。

出てみると、道路に美子が倒れ、首から血が吹き出していた。服が血に染っている。

「その人は、犬の散歩をさせていて、歩いていたら、美子姉さんが、血だらけで倒れていたので、あわてて抱きおこした。でも、彼女は何も言わないし、顔色も白くなっていたので、あわてて、うちに知らせたのだといってました」

「誰かに襲われたのでしょうか？」

血だらけだときいて、明子も血の気がひいた。

「そうだと思うわ。最近、うちの近所で、切り裂き魔が出たと、新聞にも出たでしょう？」

「怪我の程度はどのくらいだったのですか？」

「救急隊の人が、応急手当てをしたら、うすく目をあけたといってたわ。出血がひどいので、助かるのかどうか……」

「これは？」

明子は、玄関の上がりかまちにあった携帯電話を指した。それにも、血がべったりとついている。

「美子姉さんのそばに、落ちていたんですって。救急隊の人が、持って来てくれました。多分、彼女は、家の外で電話していて、そのとき誰かに切りつけられたんだと思いますわ」

「どうして外に出て、電話をかけたりしていたんでしょう」

「あの人は、私たちが家の中にいると、外へ出て電話をかけるんです。私たちにきかれたくないからだわ」

麗子は、さらっといった。

「とにかく、病院はどこなんですか?」

明子は、じりじりしながらきいた。

早く病院へ駆けつけて、美子の様子を見たかった。

「どこの病院になるかわからないの。救急車が着いたら、知らせてくれることになっているけど」

「そうですか……。でも、どうなんでしょう? 心配ですわ」

といっているところへ、電話のベルが鳴った。

麗子が電話に出て、すぐに戻って来た。

「K病院だそうよ。あなた行って下さる?」

「はい。それで、どんな様子なんですか?」

「わからないけど、母が何も言わなかったから、生きていると思うわ。早く行って」

「では、行ってきます」

明子は、教授宅を出て、タクシーを拾った。

K病院に着き、受付で美子のことをきくと、集中治療室にいるという。

集中治療室へ行くと、前の廊下に教授夫人がいた。彼女は、明子の姿をみると、ほっとしたようにいった。

「よく来て下さったわね。まだ、面会出来ないのよ。主人は、旅行中だし、困るわ。あなた、ここにいて下さるわね？」

「はい、でも、美子さんは、どんな様子なんですか？　首を切られたとか……」

「ええ。そうなの。血が止まらなくて、今、止血と輸血をしているらしいわ。……本当に、困るわ、外に出たりするからよ」

「携帯電話をかけていらしたんでしょう？」

「きっと、野田さんにかけていたのよ。野田さんの入院している病院では朝の六時には、脈搏《みやくはく》や血圧それに熱などをはかったりして、そのあと、朝食になるから、それまでにかけようとしたんでしょうね。家からかければいいのに」

しばらく話したあと、夫人は、主人に連絡しないといけないので、家へ帰る、あなたはここにいてねといって、帰ってしまった。

何のことはない。美子の看病をさせるために呼ばれたのだ。

それでも、明子は、知らせてもらったことが、うれしかった。しばらく待ったが、集中治療室からは、誰も出て来ない。

しばらくして、勤め先の会社と、細川に電話した。

勤め先には、風邪のため欠勤するといい、細川には、美子が首を切られたと話した。

2

「えっ、美子さんが襲われた？」

さすがに冷静な細川も、びっくりしたように大きな声を出した。

教授夫人に呼ばれて病院にいることを話すと、細川は、うれしそうに、それは君が信用されているからだ、といった。そして、自分もこれから行くといって電話を切った。

細川が病院に来てくれたので、明子は、うれしかった。

「それで、夫人や麗子さんは？」

「家にいらっしゃると思うわ。集中治療室で面会が出来るようになったら知らせてねって」

「困ったな、教授は出張中だし」

「夫人は、出張は細川さんと一緒でしょうとおっしゃってたわ。私、教授がそういっておられるのなら、違うとはいえないし、困ったわ」

「とにかく、教授に知らせないといけないな。夫人には、本当の行き先を言ってないかもしれないし……」

細川は手帳をひらいた。

「教授は、携帯電話を持っているんだけど、夫人には持っていることを言ってないんだ。うるさくチェックされると困るからだろうね」

「あら、本当は細川さんも持ってるんじゃありません？　私には持ってないといってるけど」

明子が冷やかすと、細川は、真面目な顔になっていった。

「今、そんなこと言ってる場合じゃないだろう？　携帯電話なんか持ってないよ」

「ごめんなさい」

明子は、うつむいてしまった。

前の恋人なら、こんなとき、「あっ、バレてしまった。実は持ってるんだ」といってポケットから取り出す真似をするだろうと思った。

細川は、明子にかまわず、廊下にある公衆電話のところへ行って、プッシュしはじめた。

電話がつながったらしく、しばらく話してから、戻ってきた。

「よかった。教授は、まだ、ご存じなかったよ。夫人にいったホテルには泊らず、別のホテルにいるらしい。前に、突然、夫人が踏み込んできて一騒動あったので、そのあとは、別のホテルに泊ることにしているみたいだ。知らせたので感謝されたよ」

「でも、そこへかけて泊ってないとわかったら困るでしょう?」

「いや、チェックインはしておくんだ。そして、その部屋に録音装置をつけて、ベルが鳴ったら録音するようにしてあるんだ。あとで、夫人が電話したといったらそのときは、外出していたとか、ロビーで話してたとか言うみたいだね」

「まるで、007みたい。夫人て、そんなに嫉妬深いの?」

「昔は大変だったらしいけど、今はさすがにそれほどでもないようだけど、今日も、誰か女性と一緒に違いないね。あ、教授が、君によろしくって」

そのあと、しばらくして、細川は、夫人に電話をした。明子は、そっと、廊下の曲り角にかくれて、話を盗み聞きした。

「あ、大杉先生のお宅ですか。私、細川でございます。お嬢さまが大変なことで……はい、明子からききました……」

そのあと、夫人が喋っているらしく、細川はきく一方だった。

一しきりきいたあと、細川がいった。

「教授は、部屋にいらっしゃると思いますが……。今、朝食を食堂でしてきたところですから、もう一度、おかけになったらどうですか? 私も、今、部屋に戻って、電話を受けたところなんです。はい、……ずっとご一緒しています。病院の方はご心配なく。明子が、会社を休んでついておりますから」

明子は、電話が終りそうなので、いそいで、集中治療室の前へ戻った。

細川が、こんなに嘘を言うとは知らなかったし、教授も、そしらぬ顔で、録音機などつけて外泊している。

〈あきれたわ。教授にたのまれたのだろうけど、二人とも信じられない〉

明子が考えているとも知らず、細川は、明るく言った。

「夫人が、君に感謝して、よろしくおねがいしますとおっしゃってたよ」

「どうして、麗子さんや夫人がついてあげないのォ。私、他人なのに、会社まで休んだのよ」

明子が、ムッとしていうと、細川は機嫌をとるようにいった。

「本当に申しわけない。感謝してるよ。本当は、僕がついてもいいのだけど、夫人が、教授と一緒でしょう？　というから、九州へ行かないといけないから」

「今から九州へいらっしゃるの？」

「いや、しばらく時間をつぶして、空港へ行くよ。教授を迎えて一緒に教授宅まで行くつもりだ。わかったね、僕は、昨日は、九州へ行ったことになっているからね」

彼はそういうと、あわてて行ってしまった。

3

その後ろ姿を見送っていると、集中治療室のむこうのドアから若い医者が出て来た。

明子は、そばへ走っていって美子のことをきいた。

「傷が喉の急所をソレていたので、命は助かりますよ。今、縫合して、輸血しました」

「有難うございます。会えるでしょうか？」

「いや、今は、麻酔と鎮静剤で眠っていますから、もう少しあとで」

「どの位ですか？」

「まあ、二時間か三時間したら、会えると思いますが……。もし、何かあったら知らせますが、どこにいますか？　ここにいても、仕方がないから、食堂ででも待って、二時間後に来て下さい」

「有難うございました」

「えーと、書類を書かないといけないんですが、あなたは、患者さんの何にあたるんですか？　妹さんですか？」

「えーと、私は知り合いのものです。今まで、ここにお母さまがおいでになっていたんですけど……」

明子は、しどろもどろにいった。

「では、そのお母さんを呼んで二時間後にここに来て下さい。看護婦に言っておきますから」

彼は、そういうと、ちょっと考えてから、もう一度中に入り、書類を持って来た。

「これに、必要事項を書き込んで下さい。運び込まれたとき、電話番号を救急隊の人にきいたので、電話をかけて、輸血の許可はとりましたが、妹さんが出ましたが、あなたじゃなかったんですね」

「はい……」

医者は、じっと明子の顔をみていたが、何か事情があると思ったのか、そのまま廊下を歩いて行ってしまった。

〈担当でないお医者さんて、なかなか患者の容態など言ってくれないときいているのに、親切な方だわ〉

明子は、好感を持った。

それで、彼の教えてくれた通り、食堂に行って、朝食を食べた。

清潔な感じの食堂で、隣りには売店もある。食事は、簡素だが、お腹《なか》がすいていたので、おいしかった。

食事をすませて落着くと、改めて事件のことが気になってきた。

〈雨木さんと伊勢さんが殺され、野田さんと美子さんが大怪我をしている。これは、現実

の事件なんだわ〉

野田と美子が狙われたのは、二人が婚約したからだと思われる。

〈二人が結婚するのを快く思わないのは、一体、誰だろう？〉

食事どきをはずれているので、閑散とした食堂の椅子に座ったまま、明子は、考え続けた。

二人が結婚すると、野田が教授に昇進し、教授も、野田を可愛がるだろう。それが面白くないのは、太田、細川の二人の助教授である。

しかし、講師たちも、助教授になれるのだから、野田が死ねばよかったと思っているに違いない。

〈細川さんが犯人だったらどうしよう？〉

またしても、その考えが、頭をかすめる。

切り裂き魔に襲われたということで、決着するかもしれないが、もし、アリバイをきかれても、彼は安全だ。

教授と一緒に九州へ行っていたというだろうからだ。

教授も、夫人の手前、細川くんと一緒だったというにちがいない。

しかし、さっきの様子では細川には、教授から、口をあわせてくれという連絡はなかったらしい。

もし、彼が犯人で、教授と一緒に九州へ行っていたというニセアリバイを作ろうとしたのなら、明子にも、九州へ行っていたと嘘をいうだろう。

〈九州へ行っていたことになっているけど、本当は京都にいたんだと打ちあけてくれたのは、私が、彼に不利なことを言わないと思っているからかしら！〉

明子は、そこまで考えて、いそいで首をふった。

〈彼が犯人のはずはないわ。きっと、他の人だわ〉

他の人物というと、太田がまず目に浮かぶ。

彼なら、動機もあるし、犯人にぴったりだ。

〈太田さんは、今朝どこにいたのかしら？〉

是非、彼にきいてみたいと思った。

しかし、本当のことを言うかどうかわからない。

アリバイだけでいえば、麗子だって、教授夫人だって、犯行可能だ。

〈麗子さんのあの冷たい態度からみても、美子さんとは、仲が悪かったに違いないわ〉

麗子になら、動機はある。

彼女は、美子が、教授が最初に結婚した本妻の子であることにねたみを持っていたのかもしれない。だから、美子の恋人を、次々にとった。それなのに、美子は今回、野田と婚約した。

きっと、麗子は、それを知って、野田に誘惑の手をのばした。しかし、太田のことも知っている野田は、応じなかった。

女性として自信を持っていた彼女は、はじめてフラれてショックを受け、二人の結婚を邪魔しようとした。まず、野田を狙ったが失敗し、今度は、美子を襲った。

〈いや、殺そうとしたのではなく、傷つけるだけでもいいと思ったのかもしれない〉

色々考えていると、ウェイトレスが水をもってきて、ぽんと置いた。

食事がすんだら早く出てといわれているような気がして、明子は、あわてて立ち上がった。

4

二時間後、明子は、時間ぎりぎりにやって来た教授夫人と麗子と一緒に、集中治療室の前へ行き、ドアのチャイムを鳴らした。

看護婦が出て来たので、事情を話すと、さっき会った医者が出てきて、中へ案内してくれた。その医者の名は島田だとわかった。

入口で手を消毒させられ、白い上っぱりと、帽子をかぶった上で、やっと中へ入れてもらった。

集中治療室には、ベッドがたくさん並んでいた。包帯を巻いている患者もいるし、酸素吸入器をつけている人もいた。

その一番奥に、美子のベッドがあった。

そばへ行くと、彼女は、喉と腕に包帯をして横たわっていた。

島田が、ベッドのそばへ立って「大杉さーん」と美子の名前を呼んだ。

すると、美子がうっすらと眼をあけた。

彼女には、三人の姿が見えたようだが、何も言わない。

「美子さん、いかがですか？　大変なことでしたね。痛いですか？」

明子が、かがみ込んで、美子の耳にささやく。

美子は、かすかにうなずいた。

「喋るのは、当分駄目ですね。喉を切られていますから。でも、こちらの言うことはわかるようです。そうだね」

医者がいうと、また、美子がうなずいた。

「美子さん、一体、どういうことなの？　外で携帯電話をかけていたんでしょう？」

夫人がきいた。

美子は、それには答えず、少し目を動かせて、きょろきょろと何かを探している。

「携帯電話を探してるんですわ。持って来て下さいました？」

明子がきいたが、夫人も麗子も首をふった。

「持って来てあげた方がいいですね」

島田がいった。

「ねえ、誰に切られたんですか？　美子さん、男の人？　それとも女の人？」

明子がきくと、美子は悲しそうな目をして首をふった。

「男でも女でもないというのは、どういうことかしら？」

明子が考え込んでいると、島田が美子をのぞき込みながらいった。

「あなたが携帯電話をかけていたら、うしろから突然切りつけられた。それで、犯人の顔を見ていないということですか？」

美子は、うなずいた。

「警察からも、話をききたいといってきているんですが、彼女は犯人を見ていないようだし、こういう容態ですから、お断りしています」

島田は、美子を気づかうように、彼女の掛けている上布団を軽く叩いた。

一度の面会は、五分間で、家族に限るということだったので、明子たちは、すぐに部屋を出た。

午後になって、教授と細川が病院にやってきた。

そのときは、夫人も麗子も、集中治療室の前の廊下をへだてた控室にいて、ずっとついていたような顔をしていた。

「お帰りなさい。あなた」

「パパ、お帰りなさい」

二人は教授を迎え、教授は、九州のみやげものを夫人に渡した。細川も、明子に渡す。

多分、教授が買ってきたのを渡したのだろう。

教授は、美子の大体の容態をきくと、細川をつれて、集中治療室に入っていった。

警察の刑事らしい男が二人、入口付近をぶらぶらしている。

やがて、二人が戻ってきた。

「どうでした？」

夫人が、気づかわしそうにきく。

「何も喋らないけど、命はとりとめるらしい。まあ、よかった。野田くんには知らせたのか？」

「いいえ。むこうも入院中ですし……」

「これから、野田くんに話してくる。細川くんも来てくれ」

「はい」

「あ、明子さん、色々有難う」

教授はそういうと、誰にともなく、ちょっと頭をさげて歩いていった。

細川も後を追う。

そのあと、明子は、さっと立ち上がった。

「では、私、これで失礼します。今日休んでいるので、会社へも連絡しないといけないこともありますので」

そういうと、頭をさげて足早に歩き出した。

夫人は、あっけにとられたように見送っていた。

5

家に帰り、シャワーを浴びて服を着がえると、明子は、やっと落着いた。

あのチャンスを失ったら、ずっと、集中治療室の前で待機させられただろうと思った。

冷蔵庫の中に残っていた野菜で、チャーハンを作って食べてから一時間ほど眠ると、元気が回復した。

〈明日、また、教授夫人から、美子さんについてやってくれといわれたら、どうしよう?〉

と、思った。

美子にはついてあげたいと思うが、明子は会社に勤めている。そうは休めない。

ぼんやり、テレビをみていると、電話が鳴った。

もし、教授夫人からだったら、明日は、会社へ行かないといけないからと断るつもりで受話器をとると、細川だった。

「あ、家に帰ってたんだね」

「ええ。朝からずっとだったので、帰らせてもらいました。そちらはどうでした？」

「野田くんのところへ行って、教授が美子さんが狙われたことを話すと、彼も驚いていたよ」

「朝五時半か六時ごろに、美子さんから電話がかかってきたといってませんでした？」

「かかったといってた」

「その最中に、美子さんが切られた物音はしなかったのかしら？」

「電話が切れたあとらしいね。電話は短いもので、今、検温してるというと、『異常なしね。では、またあとで』といって切れたということだけど」

「そんな電話なら、家の中からかければいいのに」

「野田くんは言わないけど、最後に、『愛してる』とか、『私もよ』と愛の言葉を言ってるのかもしれないね」

「あ、そうね」

細川は、そういうことをいってくれたことがないのに、と思いながら、明子はうなずいた。

「野田さんは、どんな具合ですか？　もう大分いいの？」

「いや、脚は全然動かないし、鎮痛薬の打ち続けだそうだ。体が動くようになったら美子さんのお見舞いに行きたいといっていた」

「それなら、野田さんは、少なくとも美子さんを襲った犯人ではないですね。体が動かなくて、病院にいたのだから」

「え？　彼まで疑っていたのォ」

「だって、あなたが、野田さんの怪我だって自作自演じゃないかっておっしゃってたでしょう。だから、一応、考えてみただけです。もちろん、彼には美子さんを殺したり、大怪我させたりしてメリットはないと思うけど」

「やっぱり、野田くんと美子さんを結婚させたくない人物が犯人だろうね」

細川は、そういって考え込んでいるようだった。

「二人を結婚させたくない人物って例えば誰ですか？」

細川自身がそうなのだと思いながら、明子はきいた。

「太田じゃないかな？　彼は、アリバイはあるのかな？」

しばらくして、細川がいった。

明子に自分が疑われているとは、思ってもない様子だった。

「太田さんに会ってきくわけにもいかないでしょう？　それに、本当のことを言うかどうかわからないし……」

「そうだなあ。これからみんなに、美子さんのこと知らせることになっているんだ。教授に、内緒にしますか、それとも知らせてもいいんですかときいたら、内緒にする必要はないといわれたから」

「お花でも持って、お見舞いに行って欲しいのよ。知らせたとき、太田さんの反応をみたらどうかしら？」

「電話じゃわからないと思うけどね。警察ではどう思っているのかな？」

「本人に話をききたいと思っているようだけど、面会出来ないので困っているみたい。集中治療室の前で、ぶらぶらしてたわ」

「君は明日どうするの？　病院へ行くの？」

「私、会社へ行かないといけないから、そう毎日は行けないわ。麗子さんか、奥さまがついてあげればいいと思うのだけど」

明子がいうと、細川は黙り込んだ。

あまりいつまでも無言でいるのも辛くて、明子は、話題を変えた。

「事件のこと、夕刊に載ってるかしら？　まだ、新聞もみてないのだけど」

すると、急に細川が喋り出した。

「夕刊には出てたよ。通り魔に切られたように書いてあったし、名前も出てなかったけど……。若い女性が早朝切り裂き魔に襲われたというように書いてあった」

「そう、では見てみるわ」

そういって、明子は電話を切った。

6

明子が新聞をみると、細川の言っていたように事件のことが報じられていた。

場所は書いてあったが、名前は出てない。

そのあたりには、前にも切られた女性がいたという風に書いてある。

〈絶対に、通り魔じゃないわ。美子さんを狙ったに違いないわ〉

明子は、確信した。

その夜、明子は、なかなか寝付けなかった。病院から帰って、一ねむりしたからだろう。

仕方なく、枕もとの本を取ったが、雑誌や週刊誌の類はなくて、在原業平の本ばかりだ。

〈ますます眠れなくなるわ〉

と、思いながらページを繰《く》った。

細川が、近々会いたいといっているが、事件の話はしたくなかった。

彼を疑っているのに、犯人探しを二人でするのは気が重い。

〈そうだわ。彼と会っているときには、当分、文学の話をしよう。その方が彼もよく喋ってくれるし……〉

そのためには、話の種になるようなことをみつけておかないといけない。

そう思いつくと、現金なもので、急に、本を読むのも熱心になってきた。

明子は、在原業平の妻は、どんな女《ひと》なのだろうと、興味を持った。

高子妃とか、伊勢の斎宮《いつきのみや》などと浮名を流したプレイボーイの彼にも、妻がいたわけである。

本を繰って調べてみると、「毘沙門堂古今集註」に記載があることがわかった。

西三条左大臣、藤原良相《よしみ》の女《むすめ》、染殿の内侍なり。後に業平の妻となりたる人なり。在原滋春《しげはる》が母なり。滋春は、業平が次男なり。

とある。

しかし、彼の若い頃には、紀有常《きのありつね》の娘という人が妻としていて、その後しばらくして、この染殿の内侍を妻にしたということになる。

次に明子は、染殿の内侍というのは、どんな人かと調べてみた。

彼女の父、西三条左大臣、藤原良相は、藤原北家の冬嗣の子のうちの藤原真作《まつくり》の娘を母とする長良・良房・良相の三兄弟の一人だという。

人名が、一ぺんに出てきて、覚えられないので、明子は、系図を書いてみた。

長男の長良は長男にふさわしいおおらかな人物で、良房が抜け目のない実業家タイプで

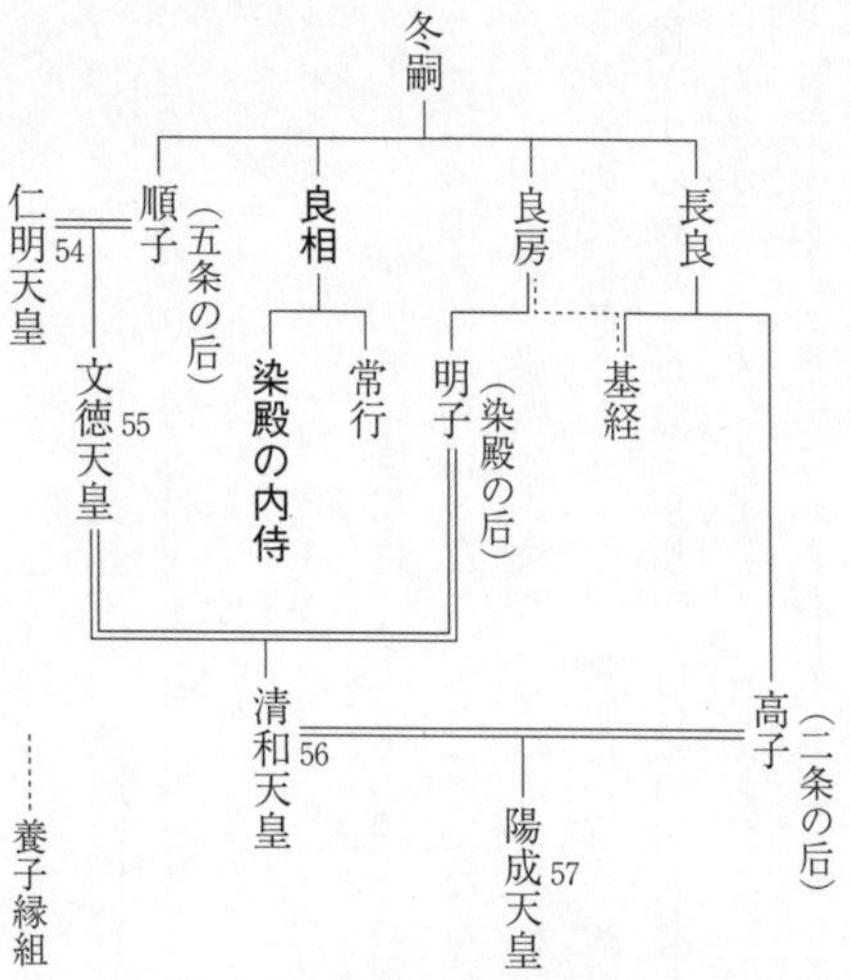

あったのに対して、良相は実直で信心深く真面目な人物だったらしい。

そのため、彼の後半生には、しばしば良房との間に確執があったらしい。

それはともかくとして、業平は、この良相の娘の一人、染殿の内侍と結ばれることになり、藤原高子（二条后）とのかかわりも生じたのではないかと書いてあった。

良相は、誠実で真面目な人物で、その長男常行は、一時的にせよ、同時代のあの藤原基経《もとつね》の官歴もしのぐ位置にいた人物である。

惜しくも、この常行は、四十歳で、その将来性を期待されながら亡くなってしまった。

その葬儀に、業平は、追贈従二位の勅使として、常行の邸に行っている。

業平は良相、常行の庇護を受けていたのではないか、また、その関連で知り合った高子妃たちの力によって、出世していったと思われる。

〈そんな有力な妻を持ちながら、業平は数々の恋もしたんだわ〉

と明子は思った。

第十章　返し歌

1

未だに、明子には、今回の事件の性格が、はっきりしないのだ。

助手の雨木や、講師の伊勢が殺された点だけを考えると、学内の勢力争い、或いは、『伊勢物語』の新発見をめぐっての論争が、事件の原因のように考えられてならない。

だが、その一方で、大杉教授の華麗な女性関係や、異母姉妹、美子と麗子の争い、さらには、その美子が、殺されかけたことを考えると、愛情問題が、原因になっているようにも、思えてくるのである。

さらに、『伊勢物語』がある。

この華やかな平安の恋物語は、今回の事件に、どう関係してくるのだろうか。

もう一つ、付け加えるなら、明子自身の恋のこともある。

恋に破れた明子は、たまたま『伊勢物語』に関係のある大原野の十輪寺を訪ね、そこで、新しい恋人の細川和也に会った。最初、彼女の心は、とにかく、細川に向かって、どんどん、傾いて行ったのだが、今は、立ち止まり、時には、彼に向かって、批判的に見ている自分を、見つけて、はっとしたりしている。

一度恋に失敗したことからくる用心深さなのか、それとも、彼女に、男を見る眼が出来てきたということなのか。

そう思うと、明子は、嬉しいような、悲しいような、妙な気分になってくる。大人になったのだと思う一方で、他人に対して、疑い深くなったのではないかと、思うからだった。

明子が、日曜日に、十輪寺に行ってみる気になったのは、やはり、細川のことが、気になったからである。

あの日、偶然、細川に会ったのが、今回の事件の始まりだった。

あの日も、今日と同じように、日曜日だが、境内は閑散としていた。

そして、業平の墓の背後《うしろ》から、突然、細川が出て来たのだ。それが、出会いだった。

まさか、それも、細川の演出だとは、思わないが、ふと、あの出会いも、企《たくら》まれたものではないのかと考えてしまうのは、ここに来ての事件の変化や、激しさが、明子を、戸惑わせているからである。

明子が、その時のことを、ぼんやり考えていると、突然、業平の墓の背後《うしろ》から、あの時と同じ感じで、男が、ふいに、姿を現わした。

思わず、「あっ」と声をあげそうになり、あわてて見つめ直すと、そこに立っているのは、狩矢警部だった。

片手に、黒い表紙の分厚い本を持ち、明子を見た。

「何を驚いているんですか？」

と、微笑した。

「丁度、あることを、思い出していたもんですから」

と、明子がいうと、

「細川さんとの出会いの時のことを、考えていらっしゃった？」

「どうして、知っていらっしゃるんですか？」

「彼から、聞きましたよ」

「そんなことも、彼は、話したんですか？」

「警察としては、どんなことでも知りたいですからね」

と、狩矢は、笑い、明子の傍まで、歩いてくると、

「これを見て下さい」

と、手にした本を、示した。

「何の本です？」

「『伊勢物語』。この年齢《とし》になって、古典を読むことになろうとは、思いませんでしたよ」

「事件の捜査に、『伊勢物語』が、必要ですの？」

「何といっても、今回の事件は、在原業平殺人事件と、呼ばれていますからねえ」

と、狩矢は、いい、

「お茶でも、どうですか？」

と、いった。

明子は、肯き、十輪寺を出たところにある和風の喫茶店に、入った。

2

「正直にいいますとね。『伊勢物語』を読むのは、今回が、初めてなんですよ。恥しいことです」

と、狩矢はいった。

「私だって、ほとんど知らなくて、細川さんなんかと知り合いになってから、改めて読み返したんです」

と、明子は、いった。

「それでも、私よりは、知識が、豊富ですよ。私なんか、今まで、『伊勢物語』というのは、『源氏物語』みたいな、大長篇小説かと思っていたんです。そして、昨日、この本を買ってきて読んだら、小話というか、小さなエピソードの集まりなんですねえ」

「ええ。それが、百二十五集まって、出来ているんです」

「そうですね。それに、どの話も『むかし男ありけり』とか、『むかし、女、人の心たのみて――』みたいな書き方で、始まっていますね。これも、ちょっと、びっくりしたんです」

「『今昔物語』は、『今は、昔――』でどの説話も始まっていますから、一つの形式なんだと思いますわ」

と、明子は、いった。

「私が、一番、気に入ったのは、最後の百二十五話なんですよ」

と、狩矢は、いった。

「ああ、病気になった在原業平が、辞世を、書くところですわね」

「そうなんです。私は、かねがね、死ぬときは、気のきいたことを、一言いって、死にたいと思っていましてね。去年までは、『サヨナラだけが、人生だ』というのが、好きでしたね。もちろん、これも、盗作になるんですが」

「今年は、在原業平の辞世ですの？　『つひにゆく道とはかねてききしかど　きのふ今日とは思はざりしを』ですの？」

「そうですよ。とにかく、具体的でいい」

「警部さん」

「何です？」

「警部さんが、お好きなのは、ダイイング・メッセージじゃありませんの？」

と、明子は、きいた。

狩矢は、笑った。

「そうなんですよ。殺人事件で、被害者が、全員、ダイイング・メッセージを残してくれたら、どんなに、捜査が楽になるか。ところが、今回の事件でも、誰一人、ダイイング・メッセージを残していない。亡くなった雨木さんや、伊勢さんは、仕方がないとしても、重傷を負った美子さんさえ、何もいわない。困ったものです」

「でも、美子さんは、背後から、いきなり切りつけられて、犯人を、見ていないんだから、仕方がありませんわ」

と、明子は、いった。

「果して、本当に、そうなんでしょうか？」

と、狩矢は、いうのだ。

「どういうことですの？　彼女が、嘘をついているとでも？」

「あなただって、彼女のいい分を、そのまま、信用しているわけじゃないでしょう？　携帯電話をかけるために、わざわざ、外へ出て行った。それも早朝にね。電話は、恋人の野田さんにかけたと、いっているんだが、その内容はというと、彼が、病院で、朝の検温を受け、それが、異常なしときいて、良かったといっただけだとか。どうも、信じられない内容でしたね」

「そういえば、そうですけどね」

と、明子も、肯いた。

細川のいる学界というか、教師の世界というか、その世界に対する戸惑いみたいなものを、最近になって、感じ始めている。

教授だから、助教授だから、或いは、講師だから、別に聖職とは、考えないが、それにしても、実際に、この世界をのぞくと、彼女の知っている他のサラリーマンの世界よりも、もっと、どろどろしたものが、感じられてならない。

「今回の事件に、『伊勢物語』というか、在原業平が、どう関係していると思われますか？」

と、狩矢がきいた。

「それは、私なんかより、警部さんの方が、よく、ご存知の筈ですわ。発見された古文書の中に、『伊勢物語』の絵巻の一部があったと教えて下さったのは、警部さんじゃありませんの。伊勢物語絵巻は、絵が散逸してしまっていて、ほとんど残っていませんから、もし、絵巻が見つかれば、大変な発見ですわ」

と、明子はいった。

「それは、わかるんですが、問題は、京洛大学の石垣教授の方なんです。もし、古文書が見つかれば石垣教授の学説の正当性が証明されるわけです。それなら、しゃかりきになって、なくなったという古文書や絵巻を探しても、おかしくはないでしょう？　いや、探し回らなければ、おかしい。ところが、それらしい話が、伝わってこないんですよ」

と、狩矢は、いう。

「でも、伊勢さんが、向こうのスパイで、逐一石垣教授に、報告していたんじゃありませんか？」

と、明子は、いった。

「その件についてだけど、そういう噂があるだけで、証拠はないんですよ」

と、狩矢は、いう。

「でも、伊勢さんが、石垣教授と会っているのを見たということを、聞いたことがありますけど」

と、明子は、いった。

「非常勤講師の加藤さんの話でしょう？」

「ええ」

「私も聞きましたよ。でも、信用はできません」

「加藤さんが、嘘をついていると？」

「要するに、京都の各大学の教授や講師などの集まる古典文学の研究会で、会っていたということでしょう？　そういう研究会なら、他大学の人間と、話をしていても、おかしくはありませんからね。加藤さんだって、京洛大学の人間と、親しげに話をしていたという噂もあるんです。加藤さんは、その相手が、高校の同窓生で、久しぶりに会ったので、話し込んだんだといっていますが、その相手は、石垣教授の部下なんです」

「じゃあ、加藤さんが――？」

「いえ、伊勢さんに、何の証拠もないように、加藤さんにも、証拠はありません」

「石垣教授というのは、どういう人なんですか？」

と、明子は、きいた。

狩矢は、失礼と断ってから、煙草に火をつけて、

「大杉教授のような華やかな雰囲気は、ありませんよ。地味な学究肌という感じですよ。娘さんが、一人いるが、すでに結婚してしまっています。それだけに、かえって、大杉教授に対する対抗意識が、強いのかも知れません」

「発見された『伊勢物語』関係の古文書については、どう思っているんですか？」

「それは、もちろん、大杉教授が、自分に不利なものだから、わざと、紛失してしまったと思っています。記者会見でも、その恐れは、十分にあると、いっています。ただし、今いったように、証拠はありません」

と、狩矢はいった。

「しかし、雨木助手や、伊勢講師が殺され、野田助教授や、美子さんが重傷を負ったのが、全て、発見された古文書のせいだとは、いえないんでしょう？」

「それで、困っているんです。もし失われた古文書を、見つけるつもりなら、人殺しなんかするよりも、大杉邸の家探しをするか、彼が預けたと思われる人物について、家探しをすべきでしょうが、それをした形跡は、ないのですよ」

「警部さんは、問題の古文書は、もう、大杉教授が焼却してしまったと、思っていらっしゃるんですか？」

と、明子は、きいた。

「いや、そうは思いませんね」

と、きっぱりと、いった。

「何故ですか？」

「『伊勢物語』についての古文書の発見、それも、絵巻が入っているとなれば、日本の文学史上の大変な発見になるんじゃありませんか？　文学の教授が、自分に、不利な古文書だとしても、燃やしてしまうとは、考えられない。誰にきいても、そういいますね。それが、学者というものだそうで、私が大杉教授でも、そんな歴史的な発見なら、ひそかに、隠して持っていますね」

「でも、今の大杉教授が、盗まれたと称する古文書は、まだ、彼自身が、持っていると、警部さんは、思っていらっしゃるの？」

「そう思っています。もちろん、その古文書なり、絵巻が、本物だとしての話ですが」

と、狩矢は、いう。

どうやら、狩矢は、問題の古文書や絵巻を、本物とは、思っていないようだった。

それきり、狩矢は、『伊勢物語』の古文書の話は、止めてしまい、急に、

「あなたは外部の人間として、大杉教授の家族や、弟子たちを、見ていらっしゃるわけだが、現在の彼等の中で、誰が、在原業平だと思われますか？」

と、きいた。

明子は、面くらって、

「誰がって？」

と、聞き返した。在原業平なら、細川が、ふさわしいとは思ったが、それは、照れ臭いし、第一、狩矢は、どんな積りで、きいたか、わからなかったからである。

「今度の事件は、在原業平が、中心になっているわけです。少なくとも、そういう事件だと思われています」

と、狩矢は、いう。

「ええ。そう思いますわ」

「と、すると、在原業平は、誰なのか、今日、十輪寺に行って、業平の墓に参りながら、考えてみたんです」

「しかし、なぜ、そんなことを、考えたんですか？」

と、明子は、きいた。

「実際の『伊勢物語』は、在原業平を中心に回っています。そうでしょう？」

「ええ。彼の辞世の句で終っていますから」

「すると、現実の事件も、現代の在原業平を中心にして回っているのではないかと、ふと考えましてね」

「面白いわ」

「皆さん、なかなか、美男子で、女性は美人ですが、わたしは、大杉教授が、在原業平ではないかと考えているんですよ」

「ずいぶん、晩年の在原業平ですわね」

「まあ、そうですね。大杉教授は、あの通り、恰幅《かっぷく》もいいし、美男子で、すごい教養があり、美人の奥さんがいるのに、何人もの愛人を、持っていらっしゃる。私には羨ましい限りです。そして、彼の周囲にいる男たちは、大杉教授に、忠勤を励もうとして、一生懸命です」

「ええ」

「野田助教授が、美子さんと、婚約したのも、もちろん、彼女に魅力は、あったでしょうが、大杉教授に、気に入られようという気がなかったとは、思えません。妹の麗子さんに近づく人たちにも、同じ思いがあったんじゃありませんかねえ。つまり、全て、大杉教授を中心に、回転している」

と、狩矢は、いった。

「それは少しばかり、一面的な見方じゃありません？」

と、明子は、いった。

いいながら、彼女は、細川のことを考えていた。彼は、明子に対して、自分が好きなのは、あくまでも、君であって、大杉教授の美人姉妹には、関心がないといっていたのだ。

「私は、学界のことに詳しくはないんですが、学者になるということは、大変なことなんでしょうね？」

と、狩矢は、構わずに、きいた。

明子は、思わず、苦笑して、

「警部さんは、前にも、同じようなことを、おっしゃいましたよ。素人の私に」

「そうでしたかねえ」

と、狩矢は、呆けた表情になった。

「それだけじゃありませんわ。前にお会いしたときも、『伊勢物語』でいうと、大杉教授が、在原業平じゃないかと、私に、お聞きになりましたよ。全く、同じことを」

「そうですか。どうも、最近、物忘れが、ひどくて困っているんです。年齢《とし》ですかねえ。先日も、二階に、物を取りに行ったんですが、二階にあがったとたんに、何をしに来たのか忘れる始末なんですよ」

と、狩矢は、笑った。

しかし、明子は、笑えなかった。

狩矢を、そんな軽い警部とは、考えなかったからである。

わざと、同じことを話し、同じ質問をしたには、何か、わけがある筈である。

それに、同じ話をし、同じ質問をしても、前とは、事情が違ってしまっている。前の時は、美子は、襲われていなかったのだ。それに、明子の立場も変ってきている。前より、一層、大杉教授の仲間に深く知り合っている。彼等に対する知識も、当然、大きくなっているのだ。

だから、狩矢は、わざと、同じ話をし、明子の反応を見たのかも知れない。

「私は、リトマス試験紙ですの？」

と、明子は、相手を見つめて、狩矢に、きいた。

「何ですか？　リトマス試験紙って？」

と、狩矢が、びっくりした顔で、きく。

「伊勢さんは、京洛大学石垣教授のスパイだって、説もあるけど、他の人たちは、全て、大杉教授の身内か、忠実な弟子でしょう。そういう人たちに、向かって、大杉教授のことを、何回質問しても、礼賛の返事しか、返って来ない。だから、私に、わざと、同じ話をし、同じ質問をしたんでしょう？　私は、いわば、フリーの人間だから、私の表情を見ていれば、前に、同じ話をし、同じ質問をしたときと、違った反応が見られますわ。例えば、警部さんが、大杉教授を、今の在原業平だと思うという、同じ話をする。もし、私が、前に、ええと肯いたのに、今度、え？　と首をかしげれば、警部さんは、素早く、大杉教授の周辺で、何かあったのだと、見抜いてしまう。弟子たちの尊敬が、薄れたのかも知れないし、大杉教授の愛人たちの間に、何かあったのかも知れないとかね。だから、私はリトマス試験紙」

と、明子は、いった。

その時、狩矢の持っている携帯電話が、鳴った。

「失礼」

と、いって、狩矢が、ポケットから、取り出して耳に当てた。

その表情が、一瞬、暗くなる。

「何かあったんですか？」

と、明子が、きいた。

「大杉美子さんが、亡くなったそうです」

「よくなりかかっていたのに？」

「急死ですね。これから、病院に行って来ます」

「私も同行させて下さい。お願いします」

と、明子は、いった。

3

病院には、大杉教授の姿はなかったが、母親の大杉夫人と、妹の麗子が、駆けつけていた。他に、橋口警部補が、他の刑事と二人で、医者から、事情を聞いているところだった。

美子の死体には、すでに、白い布が、かぶせてあった。

狩矢は、橋口を呼んで、

「どうなってるんだ？」

「看護婦の話では、昨日、夜の八時に、様子を見に来たときは、何事もなかったそうですが、今朝六時に検温に来たときは、死亡していたそうです」

「死因は？」

「医者は、解剖しなければ、断定できないが、窒息死の疑いが強いといっていました」

「窒息死？」

「何かで、顔を押さえつけたのではないかというのです。例えば、枕で押さえつけたか、ぬれたハンカチで、蔽《おお》ったか。とにかく、被害者には、それを、はねのける力は無かったろうというのです」

「殺人の疑いが強いのか？」

「その感じですが」

「他には？」

「さっきから、看護婦の一人が、ハヤカワアキコさんを探していましたが――」

と、橋口はいった。

「ハヤカワアキコ？」

「そういっています」

「明子さん」

と、狩矢は、呼んで、橋口の話を伝えた。

明子は、その看護婦の名前を聞いて、同じ階のナースセンターへ足を向けた。

そこで、田原という看護婦を呼んで貰い、

「早川明子ですけど」

と、いうと、三十代に見えるその看護婦は、

「本当に、明子さん？」

と、きいた。明子は、むっとしながら、

「ええ。明子ですわ」

「すいませんが、何か、身分を証明するものを、見せて頂けませんか」

「なぜ、そんなものが、必要なんですか？」

「どうしても、確かめてから、ご本人とわかったら、お渡ししたいものがあるんです」

と、相手は、いう。

そういわれると、ひどく大事なもののように思えて、明子は、運転免許証を取り出して、看護婦に見せた。

看護婦は、ほっとした表情になって、ユニホームのポケットから、白い封筒を取り出した。

「実は、これを、亡くなった大杉美子さんから、早川明子さんに、確かめてから、渡してくれと、いわれていたんです」

と、いって、差し出した。

なるほど、表に、早川明子様とあり、裏には、ただ、美子とだけあった。

看護婦は、さらに、昨日の昼間、封筒と便箋、それに、糊が欲しいといわれたので、それを渡したところ、夕方になって、封印したものを、渡されたというのである。

明子は、わざと、一階の待合室におりて行き、そこで、固く糊づけされた封書を、破いて、中身を、取り出した。

中身は、便箋が、一枚だけだった。

何か、重要なことが、書いてあるのかと、期待したのだが、あったのは、短歌が、一首だけだった。

かきくもり　すがたも消えて　やえがきの
うちなるやかた　鬼の住むらん

明子は、その短歌を、何回か、読み直した。

それに、これを、自分の両親や、妹ではなく、明子宛に、渡そうとした理由である。

また、恋人の野田宛に、手紙を書いた形跡もないと、看護婦は、いう。

〈どうして、私にだけ、こんなものを、くれたのだろう？〉

明子は、必死に、考えた。が、答は、見つからなかった。

美子の遺体は、家族の同意を得て、司法解剖のために、運び出されていた。

細川も、顔を見せていて、明子の顔を見ると、

「どうなっているんだ？」

と、顔をゆがめるようにして、声をかけてきた。

「大杉先生は？」

と、明子は、きいた。

「間もなく、見えるということだ。それより、野田くんが、また、具合が悪くなってしまって、動けなくて、来られなくなったよ」

「美子さんが、亡くなったショックで？」

「そうらしい」

「可哀そうに」

「警察は、美子さんが、殺されたと思っているみたいだね」

「ええ、だから、司法解剖するんでしょう。大杉先生の同意は、貰ったのかしら？」

「狩矢警部は、電話で、同意を得たといっていたよ」

「きっと、一刻も早く、犯人を捕えたいからだわ」

「これで、三人も殺されたんだから、焦るのも無理はないと思うよ。警察の面子《メンツ》だってあるだろうしね」

「細川さん」

と、明子は一瞬、美子がくれたものを、見せようかと考えたが、

「え？」

と、細川に、きかれて、

「いえ。何でもないの」

と、あわてて、いった。

美子は、あれを、誰にも見せたくないのだという気がしたからだった。

「君は、外部の人間なのに、僕のせいで、大変な事件に巻き込まれて、本当に、申し訳ないと思っている」

と、細川は、いった。

明子は、笑って、

「そんなに、困ってもいないわ。いろいろな人と会えたし、在原業平のことも、勉強させて貰えたし――」

「そういってくれると、僕も、ほっとするんだ。十輪寺で、僕が、君の美しさに魅かれて、声をかけたりしなければ、君は、今度の事件に、巻き込まれなくて、すんでいたんだから」

「あの時は、私の方から、あなたに、声をかけたのよ」

「そうだったかな」

と、細川が、いったとき、大杉教授が、大股で、病室に入ってきた。

大杉は、そこにいた夫人に向かって、大声で、

「どうなっているんだ?」

と、きいた。

「警察が、調べて下さっているわ。私にも、わけが、わからないの。美子が、殺されるなんて」

と、夫人は、いった。

そんな夫婦のやりとりを聞いていて、明子は、ふと、微笑してしまった。

細川は、明子の顔を見るなり、「どうなっているんだ?」と、怒鳴るように、いったのだが、今、大杉教授は、夫人に向かって、いきなり、細川と同じ言葉「どうなっているんだ?」を、口にした。その一致が、おかしかったのだ。

もちろん、口癖を真似ているのは、大杉教授の方ではなく、弟子の細川の方だろう。

明子は、前に、細川が、大杉教授の浮気のアリバイ作りを、夫人に話しているのを聞いている。そのうえ、口癖まで、真似ている。

〈教育界も、一般のサラリーマンの世界と、同じなんだわ〉

と、明子は、思った。

細川は、大杉教授に、気に入られようとして、多分、一生懸命なのだろう。

大杉教授が、学長になれば、今は、細川が、次の教授の第一候補なのかも知れない。少なくとも、第一候補になろうとして、必死なのだろう。

前に、細川は、自分は、教授になることに、それほど、魅力はないと、いったり、大杉教授の二人の娘には、関心がないといったことがある。

あの時は、そのまま、素直に受け取ったが、あれは、明子の歓心を買うための嘘だったのかも知れない。

狩矢警部が、顔をのぞかせて、黙って、明子を、手まねきした。

丁度、細川が、大杉教授と、話をしているところだったので、明子は黙って、廊下に出て行った。

「あれは、何だったんですか？」

と、いきなり、狩矢が、明子に、きいた。

「あれって、何のことですか？」

「ここの看護婦が、あなたを探していたでしょう。あれは、何の用だったんですか？　ひょっとして、亡くなった大杉美子さんから、あなたに、伝言のようなものが、あったんじゃないかと思うんですがね」

と、狩矢は、いった。

「看護婦さんから、聞いたんですか？」

「いや、いくらきいても、何も教えてくれませんでしたよ。だから、かえって、私の考えに、自信を、持っただけのことです。警察に協力して下さい」

と、狩矢は、いった。

「私は、警部さんの考えを聞きたいわ。いったい、誰が、美子さんを殺したんですか？」

と、逆に、明子は、きいた。

「屋上に、行きましょう」

と、狩矢は、急にいい、さっさと、エレベーターに向かって、歩き出した。

明子が、あわてて、追いつくと、狩矢は、並んで歩きながら、

「怪しいといえば、誰も彼も、怪しいんです」

と、うんざりしたように、いった。

「その中には、当然、私も、入っているんでしょうね？」

明子は、わざと、冗談めかして、いったのだが、狩矢は、ニコリともしないで、

「残念ですが、あなたも、入っています」

と、いった。

〈この人は、妥協しない人なんだわ〉

と、明子は、改めて、思った。

第十一章　業平を殺したのは誰か

1

病院の屋上というのは、一種の死角になっている。

誰もいない。いや、たまには、車椅子の入院患者が、日なたぼっこをしていたりはするが。

「警察は、今、どんな小さな知識でも欲しいんですよ」

と、狩矢が、明子に、いった。

「私も、犯人を知りたいと思いますわ」

「では、ギブ・アンド・テイクでいきましょう」

「ええ、いいわ。何か、わかったことがあるんですか？」

と、まず、明子の方が、きいた。

「いくつか、わかったことがありますが、どれも、あいまいなんですよ。被害者の病室は、内で、時間は、十五分」

「どうして、そんなことが、わかったんですか？　携帯でかけたかも知れないし——」

「入院の時、携帯は、持っていません。その個室の電話は、テレホンカードでかけるようになっていて、昨日、被害者は、千円のカードを買い、今朝、そのカードは、電話に差し込まれていて、十五分のところが、パンチングされていました」

「どこに電話したか、わかったんですか？」

「市内ということはわかりましたが、それ以上はね」

「きっと、恋人の野田さんに、電話したんですわ」

「私も、そう思って、彼に電話して聞きましたが、彼女から、電話はあったことはあった。しかし、ただ、お互いに早くよくなりましょうと、励まし合っただけだというのです」

「そのまま、信用なさったんですか？」

「電話でケンカをして、それで、野田助教授が、美子さんを殺したとでもいうんですか？　電話でケンカしても、殺しはしないだろうし、第一、野田助教授は、まだ、ひとりで、向うの病院から、やって来られませんよ」

「そうですわね」

「大杉教授夫妻や妹は、昨日は、美子さんから、電話はなかったと、いっています」

「細川さんは？」

「彼も、電話はなかったと、いっています。しかし、昨夜、犯人は、彼女の病室に忍び込み、窒息死させたことだけは、間違いないんです」

「あと、残っているのは、大杉教授の愛人たちですわね」

「そうです。しかし、被害者が、彼女たちに、わざわざ、病室から電話する理由がありません。父親の女性関係については、二人の娘とも、干渉しないことにしていたみたいですからね。夫人も、同じです。どうも、あの家族は、変っていますね」

と、狩矢は、いった。

「でも、大杉教授のことは、皆さん、尊敬していらっしゃいますわ。奥さんも、大杉教授が、学長になるように、内助の功をしているということですし、ご姉妹だって、教授のことを、尊敬していらっしゃるわ」

と、明子は、いった。

「まあ、何といっても、京南大学の文学部教授だし、平安文学の権威ですからね。家族が、誇らしく思っているでしょうし、京都という町は、男の浮気に、寛大だし、美しい舞妓や、芸妓の旦那になるのは、一つのステータスになりますからね」

と、狩矢は、苦笑した。

「美子さんを殺して、トクをする人間て、いるのかしら？」

明子は、それが、不思議なのだ。狙われるとしたら、むしろ、奔放な妹の麗子の方だろうという気がして、仕方がない。

明子は、美子と接してみて、彼女の優しさ、素直さに、感心したのである。それに、野田との婚約も、皆に、祝福されていたのではなかったろうか。

「私も、若い時には、どうして、こんなに、優しくて、いい人が、殺されなければいけないのかと、思ったものです。しかし、今は、少し、考え方が、違ってきている。いや、刑事を長くやって来て、本当の人生というやつが、いやでも見えてきたということかな。つまり、あんなに優しくて、いい人だから、殺されたんだということが、わかってきたわけです。そういう人ほど、人生で、無防備ですからね。悪がしこい奴より、弱いはずなんです」

と、狩矢は、いった。

「確かに、美子さんは、優しくて、いい人だったけど、賢い人でしたわ」

「そうですか」

「『伊勢物語』の古文書は、どうなったんですか？　相変らず、行方不明ですか？」

と、明子は、きいた。

「そうです。どうやら、大杉教授の手で、処分されてしまったという噂が、事実のようです」

と、狩矢は、いってから、

「今度は、あなたの話を聞きたい。例の話をして下さい」

2

明子は、狩矢なら、秘密は、守ってくれるだろうと考え、例の短歌を、見せた。

狩矢は、正直に、戸惑いの表情を見せて、

「大杉美子さんが、なぜ、これを、あなたに？」

と、きいた。

「私にだって、わかりませんわ」

「かきくもり　すがたも消えて　やえがきの　うちなるやかた　鬼の住むらん——か。どんな意味ですかね？」

と、狩矢が、聞く。

「私にも、はっきりとはいえませんけど、ばくぜんと感じるのは、自分の身近に、鬼がいるということですけど」

「鬼というのは、つまり、犯人ということですかね？」

「かも知れません」

「うちなるやかたというと、自分の家ということで、家族のなかに、犯人がいるということになるのかな?」

狩矢は、ひとりごとのように、いう。

「でも、動機が、ありませんわ。唯一、考えられるのは、妹の麗子さんで、好きだった野田助教授を、姉の美子さんに奪《と》られたのを恨んで姉を殺したってことになると思うんですけど、この推理には、どうしても、無理がありますわ」

と、明子は、いった。

「その点は、私も同感ですよ。私が聞いたところでは、野田助教授が、麗子さんにふられたので、美子さんと、婚約したというものですからね。美子さんの方も、そんな野田さんに、同情して、婚約したという噂も聞いています」

「そうなると、残る身内は、ご両親ですけど、大杉教授にも、夫人にも、動機がありませんわね」

明子は、疲れたように、いった。

「その遺言みたいな短歌ですが、美子さんが、身内でもない、古い知り合いでもない、あなたに託された理由が、わかりますか?」

と、狩矢が、きいた。

「それを、ずっと、考え続けているんですけど、ぜんぜん、見当がつかないんです」

「それは、しばらく、他の人には、見せない方がいいと思いますよ」

「私も、そう思っていますわ」

と、明子が、肯いたとき、橋口警部補が、屋上に、あがって来た。

狩矢の傍に駆け寄ってきたが、明子がいるので、報告を、ためらっている。

明子が、それに気付いて、席を外そうとすると、狩矢が、

「この人はいいんだ。ギブ・アンド・テイクに、協力してくれている」

と、橋口に、いってくれた。

橋口は、手帳を取り出すと、

「今、司法解剖が終わったところで、正式な報告書は、あとで、提出されますが、医者の話では、やはり、窒息死で、病室の枕を顔に押しつけたものだろうと、いっています。鑑識が調べたところ、問題の枕から、大杉美子と同じ、B型の唾液が、検出されました。枕に押しつけられたとき、唾を吐き出したのだろうと」

「死亡推定時刻は？」

「昨夜の十一時から、十二時の間だそうです」

「犯人は、その時間に、あの病室に忍び込んで殺したのか」

「病室というのは、なかからカギがかかりませんから、被害者が、部屋にひとりでいたときなら、防ぎようがないと思います」

と、橋口は、いった。

「しかし、同じ階に、ナースセンターがあるだろう。当直の看護婦に、気付かれずに、大杉美子の病室に、忍び込めるかな？」

「その点ですが、当直の看護婦は、各階一人しかいなかったそうで、見逃すことも、十分に考えられます」

「関係者のアリバイを調べてくれ」

と、狩矢は、いった。

「すぐ調べますが、夜の十一時から十二時ですから、難しい仕事になると思います」

「わかっている」

「すぐ、取りかかります」

と、橋口は、急いで、屋上から、立ち去った。

狩矢は、ちらりと、明子に眼を戻した。

「そうだ。念のために、あなたが、昨夜の十一時から十二時の間、どこで、何をしていたのか、話していただきましょうか」

「私のアリバイですか？」

「あなただけ、別扱いには、出来ないのですよ」

と、狩矢は、いった。

「私なら、ひとりで、ベッドで、『伊勢物語』を、読み返していましたわ。証人はいませんけど」

と、明子は、いった。

「信用しましょう」

と、狩矢は、いった。

3

深夜のアリバイは、証明が、難しい。

特に、独身者の場合、ひとりで、テレビを見ていた、本を読んでいた、考えごとをしていたというものが多いから、なおさらである。

聞かれた方が、それを、証明するのも難しいが、警察が、そのあいまいなアリバイを破るのも難しいのだ。

今回も、ひとりで、その時間を過ごしたと証言したのは、明子だけではなかった。

細川和也が、そうだし、麗子も、同じ主張をした。

他に、大杉教授の愛人たちもいた。芸妓の小れんだけは、この日、彼女の旦那と、城崎温泉に旅行しており、きちんとしたアリバイがあったが、他の三人は、あいまいだった。

大学院生の伊達麻里子は、ひとりで、マンションにいたといい、クラブホステスの理沙子は、カゼをひいていたので、この日、店を休み、マンションで、寝ていたと、証言した。

四人目の林絵美は、大杉教授との長い関係を、清算する気になり、ひとりで、九州に出かけ、問題の日は、阿蘇の内牧温泉に泊ったと、証言した。

ここのK旅館に、電話で問い合わせた結果、彼女が、泊ったことを確かめたが、狩矢は、念のために、熊本県警に、林絵美の顔写真を送り、さらに確認させることになった。

こうした警察の動きを、明子は、全て、知っていたわけではない。

彼女が、肌で、知ったこともあれば、狩矢が話してくれたこともある。

明子が、警察の動き以上に、興味を持っていたのは、もちろん、大杉教授たちの動きだった。

一番気になるのは、もちろん、細川のことだが、明子に、一番、変って見えたのは、野田助教授のことだった。

美子の死から二週間がたった今も、野田は、入院している。

明子が、不思議に見えたのは、野田の病状が、いっこうに、よくなりそうになかったことだった。

美子が、殺されるまで、野田の病状は、回復に向かっていた。少なくとも、誰の眼にも、そう見えたのだ。

それなのに、今は、退院の気配が見えない。

恋人の美子が殺されたショックで、精神的に参ってしまい、そのために、病状が、悪化したのだろうと、誰もが、思った。

ただ、明子に、不審に見えたのは、美子が死んだ日の野田の態度だった。

あの日、美子は千円のテレホンカードを買い、少なくとも、二人に、電話をかけている。

その一人が野田であることはわかっていた。野田が、彼女から、電話があり、お互いにがんばって、早く、よくなろうと、励まし合ったと、証言していたからである。

だが、狩矢は、野田は、嘘をついていると、明子に、いったことがある。

確かに、明子にも、もっと、大事な電話だったのではないかという気がしてならない。

だから、その夜、美子は、何者かに殺されてしまったのだろう。

野田は、何かを、隠している。明子は、そう思った。

細川に、会ったとき、明子は、その考えを話してみた。

「君は、まさか、野田くんが、美子さんの死に関係していると思っているんじゃないだろうね？　二人は、愛し合っていたんだから」

と、細川は、明子に、いった。

「私だって、野田先生が、美子さんを殺した犯人だなんて、考えていませんわ」

「しかし、君は、野田くんが、怪しいと思っているんだろう？」

「何かわからないけど、野田先生は、嘘をついているわ」

「どんな嘘を？」

「それを知りたいの」

「しかし、あの殺人事件について、野田くんは、嘘をつかなければならないことなど、何もないと思うけどねえ。彼が犯人なら別だが、君だって、犯人とは、思っていないんだから」

「ええ。だから、余計、不思議で仕方がないのよ」

「それなら、これから一緒に、野田くんの見舞いに行ってみないか」

と、細川は、いった。

「行きましょう。野田先生に、会って、お聞きしたいと思っていたんです」

と、明子は、嬉しそうに、いった。

雨が降り出したが、細川の車で、二人は、野田の入院している病院に向かった。

病院に着いてみると、狩矢警部が、先に、来ていた。

狩矢は、二人を見ると、苦笑した。

「野田先生は、何も喋ってくれません。細川先生からも、事件の解決に、協力するように、おっしゃってくれませんか」

「おかしいな。野田くんだって、恋人を殺した犯人を、捕えたいでしょうにね」

と、細川が、首をかしげた。

「何を聞いても、だんまりでね。警察に協力する気はないようでしてね」

「これから会いますから、説得してみますよ」

と、細川は、いった。

「あなたからも、よろしくお願いしますよ」

狩矢は、明子にも、頼んで、帰って行った。

「野田くんは、何にこだわっているのかな？」

細川は、エレベーターの中で、明子に、いった。

「野田先生は、警察が嫌いなんでしょうか？」

「そんなことはないと思うがね」

二人は、エレベーターを降り、野田の入っている病室に入って行った。

野田は、ベッドに寝ていたが、二人を見ても、何もいわなかった。

「今、狩矢警部に会ったら、君が、協力してくれないといって、なげいていたよ」

「何もいうことがないから、いわないだけだよ。別に、非協力なわけじゃない。何も知らないんだ」

と、野田は、元気のない声で、いった。

「美子さんを殺した犯人に、心当りがないんですか？」

と、明子がきくと、野田は、渋面を作って、

「心当りがあれば、とっくに、あの警部に、話していますよ」

「じゃあ、なぜ、美子さんは、殺されたんでしょうか？」

「何もわからないと、今、いったはずですよ」

と、野田は、いった。

〈やっぱり、野田先生は、何か隠してるわ〉

と、明子は、改めて思った。

4

それから、一週間した朝、新聞を見ていた明子は、「あっ」と、思った。

社会面に、でかでかと、次の記事が、出ていたからである。

伊勢物語（在原業平）に関する古文書を再発見
真偽の鑑定に期待
世紀の発見になる可能性大

明子は、あわてて、くわしい内容に、眼を通した。

京南大学大杉教授の手元から、盗まれ、関係者を口惜しがらせていた伊勢物語関係の古文書が、ひょんなことから、東京で発見された。

五日前に、東京都世田谷区等々力×丁目にすむ、東西大学文学部教授関根秀行氏（七〇歳）に、小包みが送られて来て、その中身が、問題の古文書だった。関根教授は、驚いて、警察に届けると共に、日本文芸協会に、相談した。

その結果、日本文芸協会としては、この古文書がはたして本物であるのか、贋作なのか、それを、平安文学の権威に集まってもらい、判定することになった。

現在のところ、八〇パーセントの確率で、本物と思われているという。この古文書の中には、在原業平の恋人ではなかったかといわれる二条后藤原高子の未発見の歌三首が含まれており、これが、在原業平への恋歌だとなれば、平安文学の世紀の発見ということになるだろう。

この研究メンバーは、五人の教授で構成されているが、京南大学の大杉教授は、病気を理由に、固辞している。

なお、警察の調査によると、この小包みは、京都市内から、匿名で、送られて来ており、大杉教授宅から盗んだ犯人が、盗んだ物の大事さに驚き、日本の第一人者といわれている東京の関根教授に送ったのではないかと推量されている。

明子が、驚いたのは、二つの点だった。

もちろん、第一は、盗まれた古文書が、また出て来たことであり、その出方だった。

新聞には、盗んだ犯人が、内容に驚いて、送ってきたのだろうと、書いているが、明子は、そんな単純なものだとは、思えなかった。

犯人が、良心的に、返したものならば、当然、大杉教授宛に、返すはずである。わざわざ、東京の教授宛に、送りつけてきたところに、犯人の作為を感じるのだ。

第二の驚きは、狩矢警部が、このことを、何も話してくれなかったことだった。

東京の警察が、調べているといっても、京都で盗まれたものである。当然、警視庁から、京都府警に照会があったはずであり、狩矢も、五日前には知っていたに違いない。

狩矢は、明子に向かって、捜査への協力を求め、ギブ・アンド・テイクを、再三にわたって、口にしていたのである。それなのに、肝心なことは、教えてくれなかったのだ。

大杉教授の病気云々は、多分、仮病だろう。彼の学説にとって、不利な古文書を、他の教授と一緒に、検討するというのは、辛い作業になるに違いないからだった。

明子は、すぐ、細川に電話をかけた。

細川は、電話口に出るなり、

「今、こっちから、君に電話しようと、思っていたところなんだが。問題が起きてね」

と、叫ぶように、いった。

「今日の新聞に、のっていた問題でしょう?」

「君も、読んだのか」

「今、ちょうど、読んだところ。陰謀の匂いがするわ」

と、明子は、正直に、いった。

「陰謀って?」

「何かわからないんだけど――」

「これから、大学へ出るんだが、文学部は、大さわぎになっているだろうと思うよ。大杉教授は、一番、当惑していると思うけどね」

「帰ったら、どんなことになっているのか、教えて下さらない? 私も、心配だから」

と、明子は、いった。

その電話のあと、明子は、会社に出る気になれず、新聞記事を読み返したりしていると、今度は、狩矢から、電話が、入った。

「よかった。まだ、出社されていなかったんですね」

「狩矢さんて、水臭いのね」

「今朝の新聞の件ですね。その件について、会って、お話したいので、今日は、会社を休んでくれませんか?」

「勝手ね」

と、明子は、いったが、狩矢の話は聞きたかった。それに、今日は、出社する気にもなれない。

　時間を決め、渡月橋近くの喫茶店で、狩矢と会った。

　狩矢は、五日前に、警視庁から、あの件で照会のあったことを、正直に認めたあと、

「京都府警として、方針が定まらなくて、困っていたのですよ」

「狩矢さんとしては、どう思っていらっしゃるの？」

　と、明子は、きいた。

「私は、陰謀説です」

　と、狩矢は、いってから、

「何か、おかしいことを、いいましたか？」

「いいえ。実は、私も、その新聞記事を見たとたんに、これは、何かの陰謀じゃないかと、思ったんです」

「なるほど」

「大杉教授邸から、古文書を盗んだ犯人が、良心にめざめて、返却したなんて、絶対に、嘘だと思うんです。それなら、大杉教授に、返すはずですものね」

「今度、送りつけられた東京の関根という教授ですが、二条后の藤原高子は、在原業平を、深く愛していたに違いないという説だそうです」

「つまり、大杉教授とは、反対の見方ね」

「そうです。犯人が、それを知っていて、送ったとすると、やはり、陰謀の匂いがしますね。しかし、われわれ、警察としては、このことが、一連の殺人事件と、どう関係してくるかということが、気になってくるんですよ」

「そうでしょうね。警察は、見つかった古文書が本物かどうかより、殺人事件の解決が、大事なのは、よくわかりますわ」

と、いってから、明子は、

「でも、意外だったのは、その古文書が、本当に、盗まれていたこと。私ね、大杉教授が、自分の説に不利な内容なので、盗まれたことにして、始末してしまったんじゃないかと、疑っていたんですよ。それが、違っていた点は、少し、ほっとしているんです」

「そうとは、限らないでしょう」

と、狩矢は、いった。

「なぜですか?」

「大杉教授が、預かった古文書を盗まれてしまったといったのは、もう大分前のことです。そして、送りつけられたのは五日前、その間に、何があったのか。それが、問題です。当然、こういう考え方も出来るわけです。大杉教授は、自分に不利益な古文書なので、盗まれたと嘘をついて、始末した。いや、したつもりだったのを、盗まれた。犯人は、それで、教授を脅迫した。金を要求したか、あるいは自分を次の教授、助教授、助手にしろと要求したか。どちらも断られたので、怒って東京に送りつけたという考えです」

「面白いわ」

と、明子は、いった。

「大杉教授にとっては、面白くない事態でしょうがね」

「もし、これが陰謀だとなると、前に、石垣教授のスパイじゃないかといわれた伊勢さんは、違うことになりますわね。亡くなった後で、東京に、小包みを出せませんもの」

明子が、考えながら、いうと、狩矢は、

「そうなんですが、共犯者がいた可能性もあるんです」

「共犯者？」

「その人間が、伊勢講師を、殺した可能性もあります」

「何のためにですか？」

「二人の人間がいて、例の古文書を、大杉教授のところから、盗み出した。二人とも、石垣教授のスパイだった。ただ、そのあと、二人の意見が合わず、ケンカになり、一人が、伊勢を殺した」

「どんな風に、意見が合わなかったんですか？」

「例えば、一人は、あくまで、石垣教授に忠誠をつくそうとするが、もう一人は、盗んだ古文書を、金にしようと考えた。そんなことだったのかも知れません」

「そして、伊勢さんを殺した人間が、今度、東京の国文学教授に、古文書を送りつけたということですの？」

「警視庁の話だと、今回、東京の関根教授に送られて来た古文書ですが、京都で見つかったものより量が少ないようだというのですよ。つまり、犯人は、全部は送らなかったというか、選んで、送ったというか」

「それで、殺された伊勢さんの部屋に、古文書の一部が、残っていたんですね」

「あるいは、犯人が、わざと、一部だけ、伊勢講師の部屋に残したか。彼が、盗んだと見せるためにです」

「そういう見方もあるんだ」

と、明子は、微笑した。

いかにも、警察らしい見方だと思ったのだ。

狩矢は、明子の表情を、窺うようにしながら、

「あなたが、美子さんから貰った、妙な和歌ですがね。どういう意味が込められているのか、わかりましたか？　どうも、あの和歌が、やたらに気になりましてね」

「私だって、ずっと、気になっていますわ。美子さんが、ダイイング・メッセージのつもりで、書いたのかも知れませんから」

と、明子は、いった。

「ダイイング・メッセージ？」

「あれを、私宛に書いてから、数時間後に、殺されたんです。それも、彼女の方から、犯人に、電話連絡した可能性がありますわ。ひょっとして、その相手に殺されるかも知れないと、美子さんは、感じていたんじゃないかと思うんです。そのために、私に、何か伝えておきたかった。そう考えれば、あの短歌は、ダイイング・メッセージと考えてもいいんじゃないかと思って」

と、明子は、いった。

「なるほど。そうだとすれば、なおさら、あの短歌の意味を知りたいですね。被害者は、あなたなら、わかってくれると思って、あなたにだけ、書いたんだと思いますからね」

と、狩矢は、励ますように、いった。

明子は、何かいいかけて、急に、止めてしまった。

「何か、わかりましたか？」

と、すかさず、狩矢が、きく。

「引っかかるものが、一瞬、見えたような気がしたんです。でも、また、見えなくなってしまって」

「じゃあ、ずっと、続けて見えるようにして下さい」

と、狩矢は、いった。

「学長選挙は、どうなると、思います？」

と、今度は、明子が、狩矢に、きいた。

「京南大学の学長選挙ですね」

「大杉教授が、学長に選ばれる可能性は、どのくらいあるのかしら？」

「間もなく、例の古文書についての正式な発表があると思いますが、今のところ、大杉教授に不利な発見が、出てくるようなので、教授の学長就任は難しいと思いますね。それだけでなく、大杉教授が、辞職に、追い込まれる可能性が強いと、思っています」

「それは、彼の学説が、否定されることになるからですか？」

「もちろん、それが、一番大きいと思いますが、彼の周辺で、血なまぐさい事件が起きていますからね。それも、不利に働くと思います。例えば、娘が殺されたというのに、よく、平気でいられるなという批判も出てくるでしょうね」

「そうね」

「こういうものは、ここぞと、足を引っ張る人間がいますからね。今までは、平気だった彼の女性関係も、マイナスに働いてくることが考えられます。例えば、女あさりばかりしているから、『伊勢物語』の解釈を間違えるのだというようなね」

と、狩矢は、いった。

「学長選挙に落ちるだけでなく、京南大学文学部教授も、辞めなければならないの。あの世界も、きびしいんですね」

「学者のイメージというものが、ありますからね」

と、狩矢は、いった。

第十二章　失　脚

1

一週間後。

再発見された古文書についての、大々的な記者会見が、行なわれた。

古文書の検討に当たった五人の国文学の教授たちが、この古文書を、本物と断定した理由を説明した。

こうした固い記者会見にもかかわらず、テレビ局も、中継放送を行なった。

明子は、そのテレビを、自宅で、見ながら、

〈これを、大杉教授たちも、見ているのだろうか？〉

と、思った。

細川が、今朝、電話して来て、一緒に、テレビを見ようと、誘われたのだが、明子は、わざと、断った。自分一人で、じっくりと見たかったのだ。

終りに、内容について、関根教授が、説明した。

特に、注目されている、二条后藤原高子の新発見の和歌三首についての説明になると、関根教授の声にも、熱が入ってくるのが、わかった。

「ご存じのように、二条后藤原高子は、在原業平の恋人だったのではないかといわれた女性です。『大鏡』によれば、二人は、恋人と見られますが、違うのではないかという意見もありました。何といっても、藤原高子は、清和天皇の后ですし、貞明親王を生んでいます。いわゆる、やんごとなき方ですから、軽はずみなことが出来るはずがないし、業平の方も、五位、六位の蔵人という低い地位で、藤原高子に、簡単に近づけなかったのではないかというわけです。また、業平の歌といえる『ちはやぶる　神代もきかず竜田川　からくれないに　水くくるとは』ですが、この歌が、二条后高子の邸に呼ばれた業平が、竜田川の紅葉を見て詠んだものであることは、はっきりしていますが、この歌を、ただ単に、景色の美しさを詠んだものだと見るか、あるいは景色に託した恋の歌と見るかで、二人の関係の考え方も、違ってきます。私は、前々から、これは、恋の歌だと見てきました。つまり、天皇の后になって、自分から離れてしまった藤原高子に向かって、燃えるような紅葉だった二人の恋は、どうなってしまったんでしょうかという意味になってきますからね。もし、高子が、皇后になったあとでも、業平のことを思っているという、彼女の歌が発見されれば、二人が恋人だったという事実が、はっきりするわけです。そして、今、その歌が、三首も発見されたのです。特に、その中の二首は、彼女の晩年の歌です。高子は、皇后になりましたが、夫の清和天皇は、先に亡くなってしまい、彼女は、寂しい晩年を迎えています。さらに、彼女は、事件に巻き込まれて、五十五歳のときに、廃后されてしまいます。やんごとない身分から、ただの人間になってしまった寂しい境遇のときに詠まれたのが、業平を偲ぶ歌だったというのは、非常に、興味があります。彼女の心の支えになったのが、昔の業平との恋の思い出だったからです。これで、二人の恋が、本ものだったことが、間違いなくなりました」

関根教授は説明を了えると、記者たちの質問に、移っていった。

それは、関根教授たちの勝利の儀式に見えた。ということは、大杉教授たちの敗北の儀式でもあった。

2

このあとの一週間、京南大学、特に文学部は、奇妙な静けさに包まれてしまった。

何か、激変があるはずなのに、それが、どんなものになるのかわからないという、いらだたしさのようなものが、支配している感じだった。

それから一週間たち、大杉教授が、学長選挙に出ることを辞退するだけでなく、教職自体を退き、今後は、一人の個人として、もう一度、平安文学について、研究し直したいと、発表した。

このことは、予期されていなくもなかったのだが、問題は、そのあとの文学部教授の人選だった。

大杉教授が、学長となり、空いた教授の椅子に、誰が座るのかということが、問題になったこともあるのだが、大杉教授が辞めることによって、文学部教授の椅子が空くケースもあったということである。

この人事も、すぐ、発表された。

新しく、文学部教授になったのは、細川だった。

もう一つ、発表されたことがあった。

それは、細川と、大杉麗子との婚約の発表だった。

それも、細川の文学部教授就任のパーティの席で、大杉夫人から、発表されたのである。

このパーティに、明子は、出席しなかった。前日、細川から電話があって、知らされていたからである。

「君には、申しわけないことになってしまった」

と、細川は、電話で、いった。

明子が、黙っていると、細川は、

「君が怒るのも無理はない。僕だって、君と結婚するつもりだった。それは、嘘じゃない。

実は、昨日、大杉教授に呼ばれたんだ。先生は、大学に辞表を出した気持を、淡々と話されたあとで、君を、私の後任に、大学へ推薦しておいたといわれた。野田くんも考えたのだが、いまだに入院していて、君以外にはいないという結論になったと、いわれたんだ」

「――」

「僕は、承諾した。そして、教授の辞令が出たら、君との婚約を、正式に、発表しようと思った。これは、嘘じゃない」

「――」

「そのあと、夫人が、僕に、内密の話があるというんだ。そして、夫人に、びっくりすることをいわれた。娘の麗子が、僕を好きになっていて、結婚できなければ自殺する、といっているというんだ。娘は、激しい気性だから、僕に断られたら、本当に、自殺してしまう。そうなったら、姉も死んでいるので、大杉家は、絶えてしまう。だから、麗子と、ぜひ、結婚して欲しいというんだよ。もちろん、僕は、駄目ですと、いった。ところが僕が帰ろうとしたとき、二階で、麗子さんが、睡眠薬を飲んで、自殺しかけるという騒動になったんだ」

「――」

「あわてて、吐き出させて、死なずにすんだが、夫人に、泣かれてしまった。僕は、どうしていいか、わからなくなってしまってねえ」

「――」

「傲慢だといわれる大杉先生にまで、ひとりになってしまった娘を、助けてくれと、頭を下げられてね」

「――」

「許してくれ。君なら、こんな僕なんかより、いくらでも立派な相手が見つかるよ」

3

狩矢警部が、明子のマンションを、訪ねてきた。

「今日、細川さんの文学部教授の発表と同時に、大杉麗子さんとの婚約の発表がありました。あなたが、いなくて良かった」

と、狩矢は、いった。

「知っていましたわ。麗子さんのこと」

明子は、意外に、落ちついた声で、いった。

「誰に聞いたんです？」

「昨日、細川さんが、電話してきて、教えてくれましたわ」

「本人が？」

「ええ」

「残酷な男だな。呆れましたよ」

と、狩矢は、いう。

「でも、本人が、話してくれたので、私としては、よかったと思っていますわ」

と、明子は、いった。

「どこが、よかったんですか？」

「いろいろと、わかったこともあるし、思い当たることもありますから」

と、明子は、いった。

「あなたが、冷静なんで、ほっとしているし、びっくりもしています。わかったこととか、思い当たることというのは、どういうことですか？ 細川さんと、麗子さんの態度が、今になれば、思い当たるということですか？」

狩矢は、急に、興味津々といった顔になって、きいた。

「それもありますけど、事件全体のことが、急に、見えてきたんです」

「話して下さい」

「どこか、歩きながら、お話したいんですけど」

「少し寒いが、鴨川の岸を歩くのは、どうですか？」

「いいですわ」

と、明子は、肯いた。

狩矢のパトカーで、鴨川のほとりまで行き、二人は、薄暗くなった川岸の遊歩道を歩いた。

「今回の事件について、あなたがわかったことを、全部、話して下さい」

と、歩きながら、狩矢は、いった。

「私が、冷静だということを、わかって下さい。そうでないと、私が、細川さんに、捨てられたので、それで、でたらめをいっていると思われると困るんです」

「わかっています。あなたは、冷静だ」

と、狩矢は、いった。

「ありがとう」

「細川が、犯人ということですか？」

狩矢は、せっかちに、きいた。

「ええ」

「証拠は？」

「まず、美子さんのあの歌」

「しかし、あれは、短歌でしょう？」

「ええ。ずいぶん、どんな意味だろうかと、考えましたわ。暗い雰囲気は伝わってくるんだけど、何をいいたいのかわからない。それで、意味を考えるのはやめて、美子さんという人について、調べてみたんです」

「なるほど」

「美子さんは、お父さんの大杉先生を尊敬していて、やはり、平安文学が好きだった。もちろん、『伊勢物語』もね」

「わかりますね」

「それで、『伊勢物語』に出てくるどの歌が好きだったのか、調べてみました。そうしたら、あの歌が、好きだったんですよ」

「あの歌？」

「狩矢さんも、好きだとおっしゃったわ」

「ああ。『からごろも　きつつなれにし　つましあれば　はるばるきぬる　旅をしぞ思う』ですね」

「そうですわ。この歌が有名なのは、『かきつばた』の五文字を、句のかしらに置いて、旅心を詠んだことにあるんですよね。美子さんの歌は、そちらに重点を置いたもので、歌そのものには、あまり意味がないんじゃないかと、考えたんです。その方を、私に、伝えたくて」

「確か、『かきくもり　すがたも消えて　やえがきの　うちなるやかた　鬼の住むらん』でしたね」

「ええ。かきつばたの五文字にはなりませんけど、〝かきくもり〟の『か』〝すがたも消えて〟の『す』〝やえがきの〟の『や』とならべると、『かすや』になるんです。〝す〟を〝ず〟とすれば、『かずや』ですわ」

「今度の君の関係者の中で、『かずや』というのは、一人しかいませんね。細川和也だ」

と、狩矢が、小さく、溜息をついて、

「それでいいんですか？」

「ええ。細川さんになるんです」

「美子さんは、あなたに、彼が事件の犯人だと、いいたかったということですか？」

「彼女にも、その実、自信は、なかったと思います。確信があれば、こんな短歌に隠さずに、細川さんの名前を、ダイレクトに書いたんじゃないかしら。ただ、美子さんは、夜になったら、細川さんに電話して、直接、問いただすつもりだったんだと思いますわ。その結果、自分の疑惑が晴れたとき、困るので、細川さんの名前は、書かなかった。でも、彼が真犯人だったとき、ひょっとすると、彼に、殺されてしまうかも知れない。その不安もあったと思いますわ。だから、どちらのケースにも対応できる、あんな短歌を、私に残したんだと、思うんです」

「なぜ、あなたに、渡したんでしょうかね？　他に、信頼できる人がいなかったんでしょうか？　恋人の野田助教授では駄目だったのか？　妹の麗子さんでは、駄目だったのか」

「妹の麗子さんと、細川さんが、出来ていることは、姉の美子さんは、気付いていたと思いますわ。だから、麗子さんには、話せなかった。細川さんに、すぐ、通じてしまうと考えたんでしょうね。恋人の野田さんには、当然、電話したと思いますわ。美子さんが、一番信用できるのは、何といっても、野田さんだったはずですもの」

「しかし、野田助教授の話では、あの日、美子さんから電話があったが、お互いに、がんばって、早くよくなりましょうと、励まし合っただけということですがね」

「警部さんは、それを、信じてはいないんでしょう？」

「信じてはいませんね。もっと、大事な話をしたと思うんだが、何を話したのか、わからないんですよ。それで困っているわけです」

と、狩矢は、いった。

「それは、今回の一連の事件の発端が、何だったのかということになってくるんじゃありません？」

4

「発端ですか？　雨木助手が、毒殺されたことに始まったと思っていますが、あのときには、この毒殺に、二人の美人姉妹をめぐる葛藤や、大学内での昇進問題が、からんでいるとは、思いましたが」

と、狩矢は、いった。

「私も、そう思いましたわ。その上に、例の『伊勢物語』の古文書のことがあったんだと思います。この古文書が、昇進問題に微妙に影響していたことは、確かだと思うんです」

「古文書の問題が、発端になった？」

「ええ。そう考えると、事件が、はっきりしてくるような気がしますわ」

「それを話して下さい」

と、狩矢は、いった。

「『伊勢物語』についての古文書が見つかり、その権威者である大杉教授に、真贋の鑑定が、依頼されました。彼は、その古文書を、三人の助教授、野田、細川、太田さんに見せて、相談したのです」

「はい」

「私は、その他に、助手の雨木さんも、見せられたんだと思いますわ」

と、明子は、いった。

「確かに、そういう話も聞いています」

「この古文書ですけど、本物で、しかも、大杉教授の学説が間違っていることが、証明されてしまう。今になると、そういうものだったわけですわ。もちろん、平安文学の権威の大杉教授にも、雨木さんたちにも、それは、すぐ、わかったと思いますわ。学長選挙が近づいているので、困ったことになったと、大杉教授は、思ったに違いありませんわ」

「それで、古文書は、盗まれたことにしてしまおうということになったんでしょうね」

と、狩矢は、いった。

「盗まれたことにしたが、なぜか、問題の古文書は、処分はされなかったんです。このことについては、前に、警部さんと、話しましたよね」

と、明子は、微笑した。

「そうでした。大杉教授にしても、彼の弟子たちにしても、みんな、平安文学の、いわば、プロだから、発見された古文書が、どんなに重要なものか、わかっていた。特に、一番、困ったことになった大杉教授には、よくわかっていたはずだ。だから、焼き捨てられなかった――」

「ええ。といって、自分が持っていたら、いつ、見つかって、盗まれたというのが、嘘だとわかってしまうかわからない。そこで、大杉教授は、弟子に、預かってくれるように、頼んだんじゃないかと、思うんです」

「三人の助教授と、一人の助手にですね」

「太田助教授は、除かれていたのかも知れません」

「なぜです？」

「事件についての彼の話し方が、冷静でしたから」

「なるほど」

「だから、二人の助教授と、一人の助手に、頼んだんだと思いますわ」

「そのことが、事件の引き金になったと、思っているんですね？」

「ええ。三人の考え方の違いが、事件の引き金になったのは、間違いないと、思いますわ」

「どんなふうにです？」

「頼まれた三人の中の一人、助手の雨木二郎さんが、三人だけになったとき、大杉教授の考え方に、反対したんだと思うんです。古文書は、発表すべきだと、主張したんじゃないかしら？　正論だけど、細川さんと、野田さんは、反対した」

「大杉教授にとって、マイナスになることだから？　それとも、もっと、他に、思惑があったんですかね？」

「きっと、激しい口論になったんじゃないかしら。雨木さんは、金持ちで、大学内での昇進を、それほど、望んでいなかったみたいだから、細川さんと、野田さんの態度を、かなり、強く、非難したのかも知れませんわ。そして、古文書のことを、ひとりで発表するといったんじゃないかしら。細川さんも、野田さんも、なんとかして、それを、止めなければいけなかった。自分たちの野心のためにも、美しい大杉姉妹に、気に入られるためにも」

「それで、雨木助手が、新年会で、毒殺されたというわけですか？」

「ええ。連続殺人が始まったんです」

「次に、伊勢講師が殺された。これは、新年会のときに、犯人を見たからでしょうね」

「ええ。細川さんが、雨木助手のグラスに、何かしたのを目撃したから。証拠にはならなくても、細川さんには、伊勢さんが、危険な存在に思えたから、消してしまった。それに、例の古文書の一部を、伊勢さんの部屋に置いて、その犯人に、仕立てあげたんだと思いますわ」

と、明子は、いった。

「しかし、細川さんは、そのころ、あなたと、婚約したんじゃなかったですか？」

と、狩矢は、きいた。

明子は、ふと、暗い表情になって、

「今になって思えば、全て、彼のカムフラージュ」

「何のためのカムフラージュですか？」

「教授には、野田さんか、太田さんがなるべきだといったり、私と婚約して、美子さん、麗子さんには、関心がないように見せたり、どちらの面からも、殺人の動機はないように思わせるカムフラージュですわ」

「なるほどね。そのあと、野田助教授と、美子さんが婚約して、彼が、自動車事故を起こした。あの事故は、われわれは、単なる事故とは、思っていませんがね」

「美子さんも、私に向かって、野田さんは、狙われたのだといい、味方になってくれと、いいましたわ」

と、明子は、いった。

「あなたは、野田助教授が、狙われたのだと思いますか？」

と、狩矢は、きいた。

「わかりませんわ。ただ、野田さんが、悩んでいたことは、間違いないと思うんです。多分、雨木さん殺しで、細川さんの共犯者だった、少なくとも、容認していたということですわ。それで、交通事故を起こしてしまったのかも知れないし――」

「美子さんは、細川助教授が、一連の事件の犯人と、わかっていたんですかね？」

と、狩矢は、きいた。

「さっきも、いったように、自信はなかったと思いますわ。でも、直観で、妹の麗子さんが、細川さんと、出来ていることには、気付いていたし、婚約した野田さんが、何かを隠していること、細川さんが、何か企んでいるらしいことには、気付いていたんだと、思いますわ」

「それで、彼女は、どうしたんですかね？　まさか、自分で、自分ののどを切ったなんてことは、ないでしょうがね」

と、狩矢は、いう。

「あれは、違いますわ。あの朝、美子さんは、朝早く、わざわざ、家の外に出て、電話したんです」

「細川さんに？」

「いえ。野田さんにだと思います。彼女は、婚約者の野田さんに、電話して、何か隠しているのなら、全て、話して欲しいといったんじゃないかしら。もう一つ、あなたの車のブレーキオイルを抜いたのは細川さんに違いないと、いったかも知れませんわ」

と、明子は、いった。

「それで、野田助教授は、どうしたんだろう？　真相を話さなかったことだけは、確かですね。今度は、美子さんが、狙われたんだから」

「ええ。野田さんにしてみれば、いくら、大杉教授の名誉を守るためとはいえ、細川さんに与《くみ》して、雨木助手を毒殺したことは、美子さんには話せなかったと思いますわ」

と、明子が、いうと、狩矢は、肯いて、

「その代りに、細川助教授に電話したんですね。美子さんに責められて、困っている。もう、この事件から、おりたいとでも、いったんだろうと思う。細川助教授は、あわてて、車を飛ばして、大杉教授宅に行き、外で、悩んでいた美子さんの背後から近づいて、ナイフでのどを切ったんですね」

「多分、そうだと思います。細川さんも、携帯電話を持っていて、野田さんが、連絡したとき、大杉邸の近くにいたのかも知れない。だから、すぐ、美子さんを、襲えたとも、考えられますわ」

と、明子は、いった。

「疲れませんか？」

狩矢が、足を止めて、きいた。

「疲れませんけど、寒いわ」

「そうですね。コーヒーでも飲みましょう。話の続きをしたい。今日、明日中に、犯人を捕えたいんです」

二人は、近くにあった喫茶店に入った。幸い、客は、誰もいない。

二人は、奥のテーブルに腰をおろし、狩矢が、コーヒーを、注文した。

「それで――」

と、狩矢は、言葉を続けた。

「最後の美子さん殺しになるんですが、美子さんは、自分を切った犯人を、知っていたんでしょうかね？　顔を見たのかな？」

「見たのなら、警部さんに、話していると、思いますわ。だから、彼女のいう通り、犯人の顔を、見ていなかったんだと思いますわ」

明子は、熱いコーヒーを、口に運ぶ。冷えた身体が、温まってくる。

「だが、想像はついたわけだ」

と、狩矢は、いった。

「だから、美子さんは、細川さんと、対決しようと、決意したんだと思いますわ」

と、明子は、いった。

「その前に、あなた宛に、万一のことを考えて、ダイイング・メッセージともいえる和歌を書いてから、野田助教授に、電話をかけた。野田さんには、全てを話してくれと、頼んだんでしょうね。野田さんは、再び、それを断った。美子さんとしては、もう、犯人の細川助教授と、直接、対決せざるを得なくなったわけですね」

「ええ。彼女は、多分、孤立無援だったと、思いますわ」

「恋人の野田助教授は、いくら頼んでも、真実を話してくれないし、妹の麗子さんは、細川の味方ですからね」

と、狩矢。

「ええ。父親の大杉教授は、例の古文書を、盗まれたと嘘をついた張本人で、自分の名誉を守るために動くでしょうから、美子さんの味方になりそうもないし、母親は、もともと、彼女に対して、冷たかったから、頼りにならなかったと思いますわ。だから、一番、遠い感じの私に、あの短歌を託したりしたんだと、思いますわ」

「それと、あなたは、入院した美子さんに、親切にしていたから、彼女にとって、あなたが、唯一の味方に見えたのかも知れませんよ」

と、狩矢は、いった。

「美子さんは、きっと、寂しかったんでしょうね」

と、明子は、溜息をついた。

「そのあと、盗まれたはずの古文書が、東京の関根教授宛に、送られてきて、事件は、急展開したんだが、送ったのは、もちろん、細川助教授でしょうね？」

と、狩矢が、いう。

「ええ」

「最初は、大杉教授を守るために、雨木助手を毒殺したのに、今度は、教授を叩きのめすことに、手を貸した。途中で、気が変ったんですかね？」

と、狩矢が、首をひねった。

明子は、笑った。

「多分、細川さんは、最初から、同じ考えだったと思いますわ」

「共犯の野田助教授もですか？」

「いいえ。彼は、大杉教授を守ろうとした。細川さんが、雨木助手を毒殺するのを、黙認したか、手を貸したんだと思いますわ。多分、細川さんも、自分と、同じ気持だと、思っていたに違いありませんわ」

「野田さんの方が、人がいい感じがしますね。細川助教授は、最初から、古文書は、東京に送りつけようと考えていたとすればね」

「野田さんは、大杉教授を守ることで、教授に感謝され、彼が学長になったとき、自分を、教授に、推薦してくれるのではないかという考え方をしていたんだと思いますわ。細川さんは、他にも、教授になる方法があるのじゃないかと思った。それは、大杉教授を、失脚させれば、同じように、教授の椅子が空くじゃないかと。そして、その通りに、計画を実行したんだと思いますわ」

と、明子は、いった。

「そして、細川は、教授の椅子と、大杉麗子の二つを、まんまと、手に入れたということですか」

と、狩矢が、いった。

明子は、微笑して、

「まだ、両方とも、手には入れていませんわ。なにしろ、京都府警には、狩矢という優秀な警部さんが、いらっしゃるから」

「細川和也という男には、もう、未練はありませんか？」

と、狩矢が、きいた。

明子は、また、微笑した。

「警部さんと、こうして、事件を、振り返って話している中で、細川さんが、どんどん、遠い人に見えてきました。ありがとう」

「細川は、あなたを、一瞬でも愛したことはなかったのかな？　あなたは、美人で、聡明で、こんなに、魅力的なんだから、愛したときも、あったと思うんだが」

と、狩矢は、いった。

「細川という人は、そういう人じゃありませんわ。そういう甘いところの全くない人だと思います」

「それなら、安心して、細川和也を、逮捕できますよ」

「推理では、間違いなく、彼が、犯人ですけど、きっちりした証拠が摑めるかしら？」

明子が、きくと、狩矢は、ニッコリして、

「推理は、あなたが得意かも知れないが、証拠を摑むのは、プロの警察に、任せて下さい」

「ええ」

「今日の話は、とても参考になりました。これから、証拠を見つけに行ってきますよ」

と、狩矢は、いい、立ち上がった。

明子は、店に残って、狩矢を見送り、コーヒーを、新しく、注文した。

〈あの警部さん。私の推理を、ずっと感心して聞いていたけど、プロなのに、本当に、感心してくれていたのかしら？〉

明子は、ふと、そんな疑問に、ぶつかった。

難しい顔になって、考え込んでしまった。

〈プロの警部さんが、細川が、犯人であることに、気付かないはずはない。きっと、私が、失恋して、自殺でもしかねないと心配して、会いにきたに違いないわ〉

と、明子は、思った。

〈私に、得意になって、推理を喋らせ、そうすることで、私の気持を、まぎらわせようとしたのかも知れないわ〉

新しく運ばれてきたコーヒーを、ゆっくり、口に運ぶ。

〈余計なことを考える警部さん。私って、そんなに、弱い女じゃないのよ〉

コーヒーが、だんだん美味しくなってきた。

店の外は、もう、暗くなっていた。

解説

山前 譲

今もテレビではミステリードラマが、それも趣向の凝ったものがよく放映されているが、思い出されるのはいわゆる二時間ドラマが全盛の時代だ。毎日のようにミステリードラマを楽しむことができた。

当時、とくに華やかなストーリーで注目を集めていたのは、山村美紗氏の作品を原作にしたものである。初来日のときは父親が米副大統領だったキャサリン・ターナー、検視官の江夏冬子、葬儀屋の石原明子、ニュースキャスターの沢木麻沙子といった個性的なシリーズ・キャラクターの活躍が楽しく、そして人気観光地である京都などを舞台にした旅情豊かな展開で、まさに一世を風靡した。

もちろんそこには山村氏の旺盛な創作活動が背景にあったからだが、その数多い山村作品のなかでも本書『在原業平殺人事件』は特筆される。なぜなら、残念なことにこの長編が遺作となってしまったからだ。

一九九六年二月から「中央公論」において連載がスタートしたが、作者の急逝によって

第九章で中絶してしまう。しかし、第十章以降を西村京太郎氏が書き継いで完結にいたり、一九九七年七月にC★NOVELSの一冊として中央公論新社から刊行された。日本のミステリー界では珍しいかたちで完結した合作長編である。

　三年近くつき合った恋人と別れた失意がまだ癒えぬなか、京都の不動産会社に勤める早川明子は大原野の十輪寺を訪れた。俗称「在原業平の寺」は閑散としていたが、そこでテレビの人気俳優もまっ青というくらいの美男子と出会う。彼、細川和也は京南大学文学部の助教授だった。在原業平の話題で意気投合し、彼に惹かれた明子は、細川の誘いで文学部の大杉教授の新年会に参加する。ところがそこで教授の次女との結婚が噂されていた助手に死が訪れる……。

　大学内の人間関係、大杉教授の艶聞、大杉教授の娘をめぐる恋愛模様、在原業平に関係する新しい文献、そしてなにより在原業平そのものにまつわる謎が渦巻いて、サスペンスたっぷりのストーリーが展開されていく。

　山村作品では本作の前に、いわゆる王朝文学の世界を背景にした長編がいくつかあった。一九九三年刊行の『清少納言殺人事件』はキャサリンの事件簿のひとつだ。京南大学の教授宅で開かれた新年パーティで、現代の和泉式部と称されていた野川いずみが殺される。そこには彼女と助教授の座を争っていた、現代の清少納言や紫式部と称される女性も同席していた……。大学の人事をめぐる確執など本作と相通じるストーリーである。

一九八四年刊の『小野小町殺人事件』の主人公は女子大生だ。父親が大金とともに失踪し、さらに怪しい事件が連続する。そして密室殺人も！　絶世の美人と言われている小野小町を描いた、時価一億円の「前向き小町」の絵が謎をそそっている。

一九八七年刊の『紫式部殺人事件』もやはり女子大生が主人公だ。京都の名門家の長男が交通事故を装って殺されてしまう。そして通夜の晩、火事騒ぎの隙に紫式部にまつわる貴重な古文書が盗まれてしまった。国文学を学ぶ主人公の父の死も絡んで謎が深まっていく。

こうした自作を踏まえたうえで、「中央公論」での連載の予告にはこう記していた。

> 今回は、はじめて男性の在原業平を書いてみたいと思った。彼は多情多感で、生涯、自由気ままな恋に生きたといわれている。伊勢物語は業平の一代記といわれているが、どこまでが本当なのか？／皇位を継げる身に生まれながら、皇統からはずされたのはなぜか？　など業平の謎と現代の殺人事件をからませながら書いてみたい。

大学で国文学を学んだ作者だからこうした一連の作品は納得できるが、そのルーツは百人一首にあるようだ。「私と百人一首」と題されたエッセイによれば、〝母がかるたをとるのが好きなこともあって、三歳ぐらいから、かるたに親しんだ〟とのことで、〝中学校になると、冬休みの宿題に、百首全部を覚えてくるようにいわれたが、すでに覚えてしまっていた私は、ちょっと得意だった〟という。

鎌倉時代初期に公家の藤原定家が編んだ百人一首は、百人の歌人から優れた和歌を一首ずつ選んだものである。カルタ取りという競技としてその百首はよく知られているが、万葉の歌人やいわゆる六歌仙が詠んだもの、そして宮廷の才女による女流文学の時代のものなど、もちろん和歌としてまず吟味すべきものだ。

山村作品がその百人一首をテーマにするのはいわば必然である。一九七八年に刊行されたキャサリンのシリーズの二番目の長編は『百人一首殺人事件』と題されていた。おけら詣りで賑わう元旦の京都・八坂神社の境内で、振り袖姿の女性が朱塗りの破魔矢で刺殺される。その袂には一枚の百人一首の札があったのだが、さらに百人一首の研究家が密室状態の書庫で殺され、そこにも百人一首の札が！　日本の文化への興味をどんどん高めていくキャサリンならではの事件だった。

歌人として知られた在原業平も百人一首に採られている。それは第十七番だ。

ちはやぶる　神代もきかず　龍田川　からくれなゐに　水くくるとは

奈良の龍田川が紅葉で紅に染まっている様子を表現しているのだが、実際に業平が龍田川に行ったわけではないらしい。清和天皇の女御《にょうご》だった藤原長良《ながら》の娘の高子《たかいこ》のところで見た、屏風絵に刺激されて詠んだ和歌とのことだ。

「伊勢物語」の主人公とされている在原業平は、平安時代きってのプレイボーイとも言われてきた。藤原高子ほか、さまざまな女性関係が取りざたされているが、その実像がはっきりしているわけではない。本書はその業平にまつわる新文献が事件の背景となっているだけに、彼にまつわるさまざまなエピソードが興味をそそるだろう。

この長編のほか、日本のミステリー界においてユニークな作品を発表していた山村美紗氏が、卒然とこの世を去ったのは一九九六年九月五日、原稿執筆のために滞在していた東京のホテルでだ。長女で女優として活躍している山村紅葉さんのエッセイ『おきばりやす』には、〝過労による突然の心臓発作。執筆中に発作を起こして、医師が心臓マッサージしているけれど、心臓は止まったままだというのです〟と、京都でドラマの撮影中に知らされた時のことが記されている。

その突然の死によってもう一作、『龍野武者行列殺人事件』の連載も中断してしまう。だが、こちらもやはり西村京太郎氏が書き継いで刊行された。

『在原業平殺人事件』ももちろんテレビドラマとなっている。一九九九年二月七日、テレビ朝日系の土曜ワイド劇場の枠で放映された。明子役は石田ゆり子さんだった。もちろん山村紅葉さんもキャスティングされていて、伊達麻里子を演じている。

そうした映像化も相俟って多くの読者を得た山村作品だが、今振り返ってみれば、女性の社会進出を先取りしていたとも言えるだろう。検視官の江夏冬子や税関検査官の今井陽子らの溌剌とした姿からは、今なお国際的には男女の格差が著しい日本社会の現実を痛感させられる。本書の主人公である早川明子も、恋愛感情の機微に翻弄されつつも力強く将来を見据えている。

山村美紗氏は一九九一年に発表したエッセイ「私の老後」で、〝三年前には、過労で倒れ、入院するハメになった。そこで決心したのは、当分は仕事を減らし六十歳になったら、小説をやめ、人間らしい生活をしようということだった〟としつつも、それはできないだろうと思い直し、〝結局書き続けて過労で死んでしまうかもしれない〟と最後に書いていた。まさかそれが現実のことになるとは……。しかし、遺された作品は永遠である。山村美紗作品ならではの華麗なる謎解きを、王朝文学に彩られたこの長編で堪能できるに違いない。

（やままえ・ゆずる　書評家）

『在原業平殺人事件』一九九七年七月　C★NOVELS
一九九九年十月　中公文庫刊

初出誌＝「中央公論」
一九九六年二月号～十月号（第一章～九章　山村美紗著）
一九九七年四月号～六月号（第十章～十二章　西村京太郎著）

中公文庫

在原業平《ありわらのなりひら》殺人事件《さつじんじけん》
——新装版《しんそうばん》

2022年 7 月25日　初版発行
2022年 9 月10日　再版発行

著　者　山村《やまむら》 美紗《みさ》
　　　　西村京太郎《にしむらきょうたろう》

発行者　安 部 順 一

発行所　中央公論新社
〒100-8152　東京都千代田区大手町 1-7-1
電話　販売 03-5299-1730　編集 03-5299-1890
URL https://www.chuko.co.jp/

DTP　嵐下英治
印　刷　大日本印刷
製　本　大日本印刷

Published by CHUOKORON-SHINSHA, INC.
Printed in Japan　ISBN978-4-12-207238-1 C1193

各書目の下段の数字はISBNコードです。978－4－12が省略してあります。

中公文庫既刊より

や-15-17　殺意のまつり　山村美紗傑作短篇集　山村美紗

どんでん返しの連続に巧緻なトリック。名短篇「殺意のまつり」はじめ、「ミステリの女王」の片鱗を見せつけた初期傑作が一堂に！〈解説〉千街晶之

206620-5

に-7-59　鳴門の渦潮を見ていた女　西村京太郎

元警視庁刑事の一人娘が、鳴門〈渦の道〉で何者かに誘拐された。犯人の提示した解放条件は現警視総監の暗殺！　警視庁内の深い闇に十津川が切り込む。

206661-8

に-7-60　姫路・新神戸　愛と野望の殺人　西村京太郎

人気デザイナー尾西香里がこだま車内で殺害された！容疑者として浮上した夫には犯行時刻のアリバイが。愛憎と欲望が織り成す迷宮に十津川の推理が冴える。

206699-1

に-7-61　木曽街道殺意の旅　新装版　西村京太郎

捜査一課の元刑事が木曽の宿場町で失踪、さらに実在しない娘から捜索依頼の手紙が届く。残された写真をもとに十津川・亀井コンビは木曽路に赴くが……。

206739-4

に-7-62　ワイドビュー南紀殺人事件　新装版　西村京太郎

十津川警部の部下・三田村刑事は、恋人と南紀へ旅行中に偶然、殺人事件に遭遇。それは連続殺人への幕開きにすぎず、やがて恋人も姿を消した……。

206757-8

に-7-63　わが愛する土佐くろしお鉄道　西村京太郎

高知への帰省当日に刺殺された女子大生。事件の鍵を握るのは、四国の鉄道事情と地元の英雄である龍馬の影!?　十津川警部は安芸へ向かう。

206801-8

に-7-64　宮島・伝説の愛と死　西村京太郎

癌で余命いくばくもない一乗寺多恵子が殺害された。犯人はなぜ死期の迫った女性を殺めたのか？　事件解決の鍵を求めて十津川警部は宮島へ向かったが……。

206839-1

各書目の下段の数字はISBNコードです。978－4－12が省略してあります。

に-7-73
京都感情案内（上） 新装版
西村京太郎
人間修業をしてこいと父親から1億円を渡され京都へ来た青年は、芸妓や弁護士、骨董の目利きらと知り合うが、都をどりのさなか彼の目前で殺人事件が！
207209-1

に-7-74
京都感情案内（下） 新装版
西村京太郎
都をどりに端を発した連続殺人事件。京都府警の捜査は難航する一方、密命を帯び身分を偽り連日お茶屋に通う十津川警部もまた、京文化の闇に翻弄される。
207210-7

あ-10-9
終電へ三〇歩
赤川次郎
リストラされた係長、夫の暴力に悩む主婦、駆け落ちした高校生カップル……。駅前ですれ違った他人同士の思惑が絡んで転がって、事件が起きる！
205913-9

あ-10-10
静かなる良人 新装版
赤川次郎
浮気をして家へ帰ると夫は血まみれで倒れていた。犯人探しにのりだした妻の千草は、生前気づかなかった夫の思いがけない一面を知る……。〈解説〉山前 譲
206807-0

あ-10-11
迷子の眠り姫 新装版
赤川次郎
クラス対抗リレーの練習に出かけた昼下がり、誰かに川に突き落とされた高校生の笹倉里加。病院で目を覚ました彼女に不思議な力が！〈解説〉山前 譲
206846-9

あ-10-12
いつもの寄り道
赤川次郎
出張に行ったはずの夫が、温泉旅館で若い女性とともに焼死体で見つかった。夫の手帳を手に入れ、事件の謎に近づく加奈子に危険が迫る！〈解説〉山前 譲
206890-2

あ-10-13
夜に迷って
赤川次郎
将来有望な夫と可愛い娘のいる沢柳智春。義父の隠し子や弟のトラブル解決に尽力するが、たった一度の過ちが噂になり追いつめられていく。〈解説〉山前 譲
206915-2

あ-10-14
夜の終りに
赤川次郎
三年前の殺人事件で記憶を失った母。別居中の父。殺人犯の夫が殺された矢先、娘の有貴が通り魔に襲われた。一家を陥れようとするのは……？〈解説〉山前 譲
206931-2

あ-10-15
招かれた女
赤川次郎
解決済みの女学生殺人事件の犯人が野放しになっていた。真犯人の似顔絵を探し始めた人々が命を狙われて――。傑作サスペンス・ミステリー。〈解説〉山前 譲
207039-4

あ-10-16
裁かれた女
赤川次郎
亡き父の秘密を探り無垢な子どもを狙うのは、闇に葬った罪を知る人？『招かれた女』から15年、さらに謎が深まるサスペンス・ミステリー続編。〈解説〉山前 譲
207107-0

い-74-5
つきまとわれて
今邑 彩
別れたつもりでも、細い糸が繋がっている。ハイミスの姉が結婚をためらう理由は別れた男からの嫌がらせだった。表題作の他八篇の短篇集。〈解説〉千街晶之
204654-2

い-74-6
ルームメイト
今邑 彩
失踪したルームメイトを追ううち、二重、三重生活を知る春海。彼女は、名前、化粧、嗜好までも変えて暮らしていた。呆然とする春海の前にルームメイトの死体が？
204679-5

い-74-7
そして誰もいなくなる
今邑 彩
名門女子校演劇部によるクリスティー劇の上演中、連続殺人は幕を開けた。台本通りの順序と手段で殺される部員たち。真犯人はどこに？　戦慄の本格ミステリー。
205261-1

い-74-10
i《アイ》 鏡に消えた殺人者
警視庁捜査一課・貴島柊志
今邑 彩
新人作家の殺害現場には、鏡に向かって消える足跡の血痕が。遺された原稿には、「鏡」にまつわる作家自身の恐怖が自伝的小説として書かれていた。傑作本格ミステリー。
205408-0

い-74-15
盗まれて
今邑 彩
あるはずもない桜に興奮する、死の直前の兄の電話。十五年前のクラスメイトからの過去を弾劾する手紙――ミステリーはいつも手紙や電話で幕を開ける。
205575-9

い-74-17
時鐘《とけい》館の殺人
今邑 彩
ミステリーマニアの集まる下宿屋・時鐘館。姿を消した老推理作家が、雪だるまの中から死体となって発見された。犯人は編集者か、それとも？　傑作短篇集。
205639-8

各書目の下段の数字はISBNコードです。978－4－12が省略してあります。

い-74-18
赤いべべ着せよ… 今邑 彩
「鬼女伝説」が残る町で、幼い少女が殺され、古井戸から発見された。二十年前に起きた事件と、まったく同じ状況で……。戦慄の長篇サスペンス。
205666-4

い-74-20
金雀枝《えにしだ》荘の殺人 今邑 彩
完全に封印され「密室」となった館で起こった一族六人殺しの犯人は、いったい誰か？　推理合戦が繰り広げられる館ものミステリの傑作、待望の復刊。
205847-7

い-74-21
人影花 今邑 彩
見知らぬ女性からの留守電、真実を告げる椿の花、不穏な野鳥の声……日常が暗転し、足元に死の陥穽が開く。文庫オリジナル短篇集。〈解説〉日下三蔵
206005-0

う-10-35
イーハトーブの幽霊 新装版 内田康夫
宮沢賢治が理想郷の意味を込めて「イーハトーブ」と名付けた岩手県花巻で、連続殺人が。被害者は死の直前「幽霊を見た」と……。〈解説〉新名 新
206669-4

う-10-36
萩殺人事件 内田康夫
お見合いのため山口県を訪れた浅見光彦の親友・松田将明が、浅見と共に連続殺人事件の闇に挑む！『汚れちまった道』と対をなす異色長篇。〈解説〉山前 譲
206812-4

に-20-1
粘土の犬 仁木悦子傑作短篇集 仁木悦子
江戸川乱歩に見いだされ、「日本のクリスティー」と絶賛された仁木悦子。「かあちゃんは犯人じゃない」はじめ初期傑作短篇群がここに甦る。
206476-8

ひ-21-14
亀と観覧車 樋口有介
人と関わらず生きることを夢見る16歳の涼子は、小説家だという初老の男と出会う――。青春ミステリの奇才が贈る一筋縄ではいかない一気読み「純愛」物語！
206629-8

ひ-21-15
ピース 新装版 樋口有介
埼玉の山中で起きた連続バラバラ殺人事件。捜査が難航する中、ベテラン刑事が気づいた、ある遺体の特徴とは――。あとがき特別収録。〈解説〉郷原 宏
207101-8

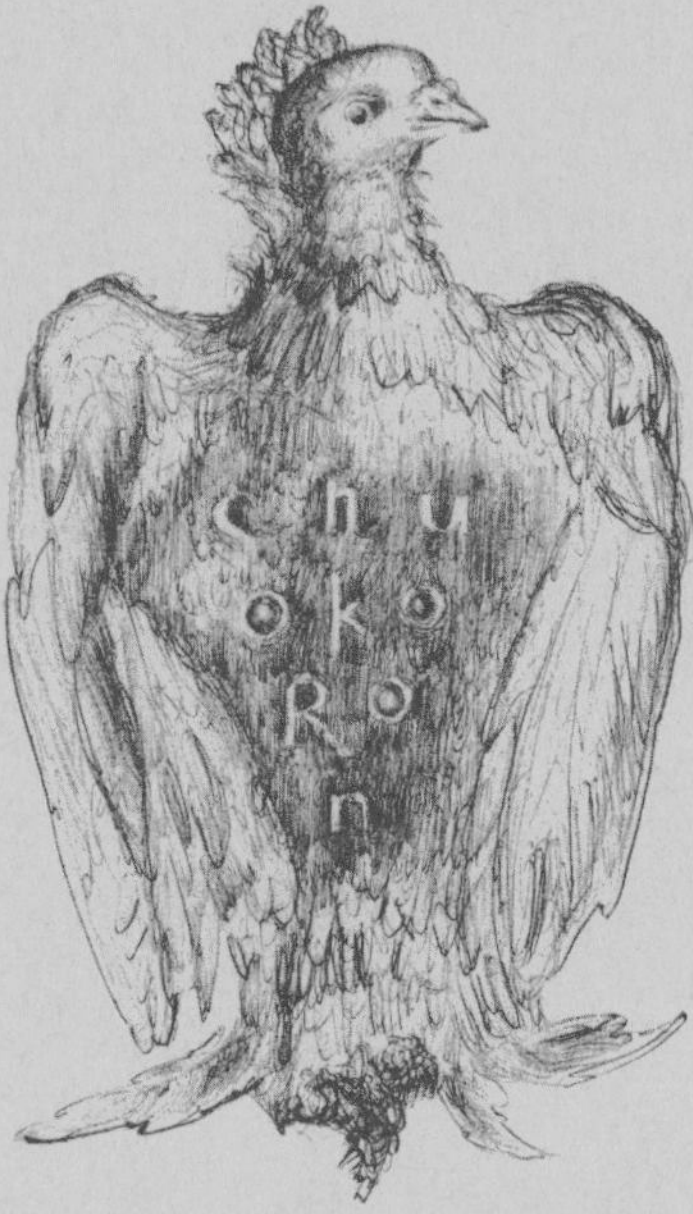

在原業平殺人事件

新装版

山村美紗
西村京太郎

中央公論新社